憑き
ジックス　原作
布施はるか　著
山根正宏　原画
PARADIGM NOVELS 144

登場人物

水野涼子（みずのりょうこ）　静佳の連れ子で、洋介の義理の姉。学校ではみんなから慕われている。

水野洋介（みずのようすけ）　両親は他界しているが、義理の母と姉がいる。現在は家を出て一人暮らし。

川森珪子（かわもりけいこ）　洋介がバイトしている喫茶店もみの木の店長。経営状態はあまりよくない。

水野静佳（みずのしずか）　今は亡き洋介の父親の再婚相手。死んだ夫の面影を、洋介に重ねている。

佐々木貴美（ささきたかみ）　口うるさいが面倒見のよい委員長。洋介とは小学校時代からの付き合い。

長沢美月（ながさわみつき）　副担任の化学教師。両親を亡くした洋介のことを他の生徒より気にしている。

ヒトのＤＮＡさえ解析しうる科学万能の現代。そんな時勢にあってなお、神やその御許《みもと》に召すという魂の存在を科学的に立証した者はいない。だが一方で、多くの科学者が神という存在を信じているのも事実だ。にもかかわらず、霊魂たる幽霊の存在は否定する。この、一見矛盾とも取れる思考は、科学と信仰を混同しないことで暗黙のバランスを保っている。極論すれば、信仰とは思い込みであり、科学とは真実なのだろう。ならば……。

ポゼッション……、すなわち〝憑依《ひょうい》〟という言葉がある。シャーマニズム全盛の古代においては、神託を受けるシャーマンがトランス状態に入ると、神あるいは神の許に召された死者の霊が降りたとされ、人の、部族の、国家の命運を左右した。政教分離が行われた現代、シャーマンはかつての権威を失ったが、神の降臨とは異なる〝憑依〟という言葉は今なお生き続けている。オカルティスト達は、完全に人間が魔力の支配下に落ち、悪霊がその人物の〝体内に居座る〟ことが可能な状態である場合に適用した。もっとも臨死体験さえ脳の仕組みのなせる業と論ずるほどの医学の進歩によって、憑依とは解離性同一性障害……、つまり多重人格障害であると結論づける向きもある。むろん、その可能性も否定はできないが、そもそも解離性同一性障害と精神分裂病との明確な見極めさえ曖昧《あいまい》である以上、憑依という人智《じんち》の及ばない現象が起こる可能性もまた、否定できないはずである。

そう、科学とは真実そのものではなく、真実の探求でなければならない。可能性があれば徹底的に追及すべきなのだ。人は誰も、思い込みなくして生きられはしないのだから。

プロローグ　ポゼッション

目次

第1章 静佳

第2章 水月

第1章　ツキ

水野洋介《みずのようすけ》には、ツキがあった。彼の生い立ちは必ずしも幸福と呼べるものではない。むしろ世間的には不幸の範疇《はんちゅう》に入るだろう。にもかかわらず、洋介にはツキがあった。

幼くして母親を亡くし、父親もすでに死去していた。けれど父が生前に再婚していたため、洋介には義理の母がおり、加えてふたりが互いに子持ちで再婚したので、彼には義理の姉さえいたのだ。血縁こそないものの、少なくとも家族と呼べる人々がいる。お陰で洋介の人生は今のところ荒《すさ》んだものにはなっていなかった。そればかりか、不幸な生い立ちを知る人々もまた、彼に〝同情〟という名の手を差し伸べてくれていた。

自分は周囲の人々の温かい恩情に支えられている。洋介はそれを幸せなことだと感じていた。だから、彼にとってその生い立ちも今の生活も、決して不幸なものではなかった。

洋介は下腹部に不快感を覚えて目を覚ました。トランクスの股間《こかん》をヌルリとしたモノが汚している。いくぶん冷たくなってはいたが、その粘る液はまだ乾いてはいなかった。

やってしまった！　ベッドの上にノロノロと身を起こした洋介は、トランクスに広がる染みに目を落とし、小さくため息をつく。自己嫌悪に苛《さいな》まれた。夢精という現象が意識の外にある不可抗力だとしても、彼は憂鬱《ゆううつ》にならざるを得なかった。なぜなら、夢精をしてしまった理由である夢の内容を、洋介はハッキリと憶《おぼ》えていたのだ。

濡れた生地が肌に貼《は》りつかぬよう注意し、ベッドを降りてバスルームへと向かう。6畳のワンルームアパートであるその部屋には、狭い玄関の横にユニット式のバス・トイレが

第1章　ツキ

あった。Tシャツとトランクスを無造作に脱ぎ捨て、バスタブを跨《また》ぐ。給湯式シャワーのノブを捻《ひね》ると、ぬるいお湯が肌を打った。下腹部にこびりつく粘液がみるみる流れ落ちていく。その様子をぼんやり眺め、洋介は夢のヴィジュアルを思い返した。

漆黒《しっこく》の闇《やみ》に浮かぶ白い裸身。ひとりの娘が四《よ》つん這《ば》いになって腰を突きだしている。滲《にじ》みでた大量の汗に濡れ光る娘の肢体を見降ろし、満足げな笑みを浮かべる自分。熱く火照る股間は、わななく双球の中心にある秘密の花園を散らし、深い蜜壺《みつつぼ》の奥底へと潜り込んでいく。ぶつかり合う肌の音を鳴り響かせ、洋介は快楽を貪《むさぼ》っていた。そして、両の手首を拘束され、神を崇《あが》めるかのように這いつくばりながら身悶《みもだ》える娘は、濡れた髪を振り乱してかすかに首を捻った。瞬間、髪の毛がまとわりつく美しくも淫《みだ》らな横顔が目に入る。その娘の顔を洋介は知っていた。見間違うはずもない。その娘は確かに〝涼子《りょうこ》〟だった。

「ふぅ……」

タオルを腰に巻いてバスルームを出た洋介が大きく息を吐く。冷蔵庫を開けてパックの牛乳を掴《つか》み、ひと口飲んでからTVのスイッチを押す。画面には朝のワイドショウが映しだされた。初夏という季節柄か、朝っぱらから心霊特集をやっている。MCの横に並ぶコメンテーターの女性にカメラがパンすると、〝オカルトライター・河崎《かわさき》亜衣《あい》〟というスーパーが重なった。胡散臭《うさんくさ》い肩書きとは裏腹にメガネの似合う知的な容姿の女性は、酷《ひど》く真《ま》面目《じめ》な表情で幽霊の実在を力説している。再び牛乳を口に含み、洋介は顔を窓に向けた。

今年は空梅雨《からつゆ》らしい。空には雲ひとつなく、降り注ぐ陽射《ひざ》しがガラスをすり抜け、室内の温度を徐々に上げていた。今日も暑くなりそうだ。だがそれとて、なんら変わり映えのない一日の始まりでしかない。あの夢にしたところで……。洋介は肩を竦《すく》めた。思えば自己嫌悪は1年も前から続いている。今さら、夢を見たからといって、夢精したからといって、何が変わることもない。夢の中の行為の相手が義理の姉だったとしても……。

「だいたい、俺、あんなに悪い奴《やつ》じゃないもんな」

今も生々しく残る夢の記憶にかぶりを振り、無意識に呟《つぶや》きが洩《も》れた。闇の中で義姉を犯していた自分は、酷く鬼畜な言動が印象的だった。そのあまりに乱暴かつ傍若無人な態度は、18年間つき合ってきた自身の性格とは正反対に近い。フロイト流に分析すれば〝抑圧された無意識〟の顕《あらわ》れなのかもしれないが、心理学に長じているわけでもない洋介にはどうでもいいことだった。それよりむしろ、朝食を食べるかどうかの方が問題だ。

トーストでも食べようか……。食器棚へ足を向けようとする彼は、床の上に1枚の紙切れが落ちていることに気がつく。拾い上げたそれは電気料金の明細だった。ひとり暮らしを始めて早9カ月、洋介の生活は同じ町内、それも歩いて10分も離れていない場所にある実家からの仕送りによって成り立っていた。もっとも、実家で暮らすのは血の繋《つな》がりのない母と姉だけ。養育の義務はあるにせよ、洋介にとっては心苦しいことこの上ない。そこで彼は、18歳になったのを契機に、1カ月前からアルバイトを始めていた。家賃や学費はともかく、衣食費くらいは自分で賄《まかな》おうと考えたのだ。それもこれも将来的に完全な自立を目指してのことだった。手にした明細を状差しに押し込み、洋介はチラリとＴＶに目をやる。画面の上隅に記された時刻が、すでに朝食を摂《と》る余裕がないことを示していた。急いで支度を済まさないと遅刻してしまう。トーストを諦《あきら》めた彼は、腰に巻いていたタオルをベッドへ投げ捨て、大慌てで身支度に取りかかった。

「……洋介」

アパートを出た途端、不意に名を呼ばれ、洋介は声の主へと顔を向けた。道端に立っていたのは、義姉の水野涼子である。姉とはいっても歳は洋介と同じ。単に生まれたのが数週間ほど早かったにすぎない。中学までは同じ学校に通い、クラスまで同じだった。中学卒業後、洋介は私立高校、涼子は公立の進学校へとそれぞれ入学した。朱色のリボン以外はどちらかといえば地味な印象の制服をまとう涼子が、真《ま》っ直《す》ぐに洋介を見つめている。一方の洋介は、ふと甦《よみがえ》った夢の記憶に少々気まずい思いでいた。

「仕送り……、今月分」

ニコリともせずに涼子が言い、封筒を差しだす。口調も表情も、仕草さえも妙に無愛想だ。そんな義姉を、洋介は名前どおりクールなのだと思っていた。彼にしてみれば、涼子の態度は初めて会った時からなんら変わっていない。いつもどおり相変わらず、としか思えなかった。だからこそ、涼子はクールなのだと思って疑わない。

「ああ……、すまない。ありがとう」

封筒を受け取り、洋介は礼を言った。毎月の生活費は、いつも月初めのうちに銀行振り込みで渡される。ところが運悪く、先週キャッシュカードを落としてしまったばかりだった。再発行してもらおうにも窓口が開いている時間は学校へ行っているので、結局銀行へは紛失の連絡だけしてそのままになっていた。そのことを実家に伝えておいたかどうかは記憶にないが、今やサイフの中身は千円を切っていたところなので、偶然とはいえ涼子がわざわざ届けに来てくれたのは、まさにツイているとしか言いようがない。そこで洋介はハタと気づいた。わざわざ届けに来ながら、道端に立っていたということは……。

「もしかして、義姉《ねえ》さん、俺のこと待っててくれたんだ？」

「……別に」

返ってきたのは酷くそっけない返事だった。生活費を届けに来ながら部屋を訪ねないのは不自然ではある。だがそれは、洋介が実家を出るきっかけとなった出来事に由来するもので、ふたりの間では半ば暗黙の了解になっていた。その上で、互いが通う学校が別々の方角にあるにもかかわらず、登校時に現金を手渡そうとしたわけだから、明らかに涼子は義弟を道端で待っていたことになる。それに洋介は知っていた。義母である水野静佳《しずか》同様に、彼女の血を引く涼子もまた、何かにつけて自分を気にかけてくれていることを。

第1章　ツキ

「バイト、どう？」

涼子が訊《き》いた。

「特に問題もなくやってるよ。客あしらいも上手《うま》くなったと思うし」

「そう」

必要最低限の言葉だけを淡々と口にする涼子。そんな彼女と洋介の会話は、端から見るととてもぎこちないものだ。けれどそれも、洋介には極当たり前のことでしかなかった。

「おーっす、水野！」

突然後ろから声がして、ふたりは同時に振り返る。相手は中学時代のクラスメイト、川《かわ》尻善行《じりよしゆき》だった。

「おっと、ふたりとも水野だったっけ。おはよ、洋介」

洋介が挨拶《あいさつ》を返すと、隣に立つ涼子が腰に軽く手を当てて川尻を眺める。

「……わたしには挨拶なしってわけ？」

「あっ、わりィ。おはよう、水野さん」

川尻は苦笑し、涼子にも挨拶した。対する涼子も、かすかに微笑《ほほえ》んで会釈を返す。洋介より成績が上だった川尻は、涼子と同じ高校に入学し、今も彼女のクラスメイトだった。

お調子者の川尻は、すぐに話題を切り替え、英文法のノートを貸して欲しいと頼み込む。

ニコッと笑った涼子は〝ルゼル〟のクレープと引き替えに快く了承した。

そのやり取りを目の当たりにし、洋介は意外さを隠しきれなかった。普段自分には見せたことのないほどの悪戯《いたずら》っぽい表情を浮かべた涼子……。いや、あるいは逆に今この顔が普段のものなのだろうか。そう思うと不思議な気になる。半ば茫然《ぼうぜん》とした様子で突っ立つ洋介を尻目に、川尻は他の友達を見つけてバタバタと駆けだしていった。

「騒々しい奴だな」

「そうね」

義弟の呟きに涼子も小さく頷《うなず》く。彼女の口調は洋介が知るいつもの無愛想なものに戻っていた。賑《にぎ》やかな川尻が去ったあとだけに、ふたりきりの会話は妙に静かに思えた。よそよそしささえ感じる。笑い話に聞こえるかもしれないが、洋介はそのことに今日ようやく気がついた。むろん、以前から漠然と違和感を抱いていた。薄々は勘づいていたのだ。しかし、なぜか口に出すことがはばかられ、きっと彼女の性格なのだろうと思い込み、ずっとそのままにしてきたのである。キャッシュカードの件にしてもそうだが、何かにつけてそうした消極的な行動を取るのが洋介のパーソナリティだった。

「帰り、夕飯食べていけって、お母さんが……」

そう言って、涼子は川尻達と同じ方向へ歩きだす。洋介の通学路とは反対の道だ。一瞬躊躇《ちゅうちょ》した彼だが、すぐに頷いて義姉の後ろ姿に軽く手を振る。

「うん。ありがとう」

かすかに振り返る涼子にもう一度手を振り、洋介は自分の通う学校へと足を向けた。

私立実楠学園。かつては女子校だったそこは、少子化による入学者数の減少により、4年ほど前に男女共学制へ移行した高校だった。今時珍しい竹を組んだ囲いに仕切られた敷地にはモダン建築の体育館や校舎が整然と配され、花壇や植木等の整備もしっかりしていて街中の学校としては緑が多い方である。予鈴の数分前に校門をくぐった洋介は、本校舎の4階にある教室へ辿《たど》り着くなり大声で呼ばれた。

「水野くんっ！」

思わず首を竦める洋介の前に、セーラー服姿の娘が立ちはだかる。腰まである長い髪を肩の辺りでふたつに編んだ娘は、クラス委員の佐々木貴美《ささきたかみ》だった。細い眉《まゆ》を吊《つ》り上げて睨《にら》む貴美が、いくぶんキツイ口調で先を続ける。

「今日こそ持ってきたでしょうね？　文化祭の出し物アンケート！」

「あ……、う、うん」

慌てて鞄《かばん》の中を探り、アンケート用紙を取りだす洋介。その手からアンケートを奪って紙面を一読すると、貴美は安堵《あんど》の表情を浮かべた。

「まったく、今日出さなかったら先生に怒られるところだったでしょ？　ほんとに、水野くんは仕方ないなぁ！」

そう言う彼女の口調は、先ほどとは打って変わって和らいでいる。もともと誰とでも分け隔てなく接する貴美ではあるが、洋介とは小学校以来何度も同じクラスになった顔馴染《かおなじ》みだった。加えて生来の面倒見のいい性格も手伝い、今に至るまで何かと洋介の世話をやいてくれていた。もっとも、大抵《たいてい》の場合ひと言多いのが珠《たま》に瑕《きず》ではあるが……。そんな口《くち》喧《やかま》しい姑《しゅうとめ》じみた言動をクラスの男子が冷やかすと、貴美はすかさず「うるさいわねっ！」と反撃する。容姿に似合わぬキツイ物言いは、クラスメイトにさえも快活さをとおり越してヒステリーとの印象を与えていた。むろんそれは大いなる誤解であり、むしろ逆に性根優しい娘であることを洋介はよく知っている。なぜなら、父親を亡くした洋介が学校を休んでいた間、授業やクラスでの出来事を事細かにフォローしてくれたのは、誰あろう貴美なのだから。けれど洋介は、そのことを誰にも告げていなかった。貴美への礼も済ませていない。うっかり口に出そうものなら、毎度の如《ごと》くピシャリと撥《は》ねつけられてしまいそうに思えた。貴美という娘はかなりのテレ屋で、そうした性格をごまかすために、つい乱暴とも受け取れる態度を取ってしまうのである。ある意味、不器用なのだ。

「ちょっと。何ぼーっとしてるの？　朝ご飯ちゃんと食べてるの？」

訝《いぶか》しげな表情が見つめていることに気づき、洋介は慌てて取り繕いの笑みを浮かべる。今朝は牛乳を飲んだだけだが、そのことを正直に言おうものなら、散々怒鳴られた挙げ句に長々と説教をされるのがオチだった。何か話題を逸《そ》らそうと口籠《くちご》もる洋介は、不意に鳴り響いたチャイムの音に救われる。ホームルームの始まる時間だ。

生徒達が一斉に席へつくと、教室の戸が開いた。

「おはよう、みんな」

言いながら教壇に立ったのは、副担任の長沢美月《ながさわみつき》。担任教師が産休中のため、1日2回のホームルームは彼女の担当になっていた。担任と副担任がともに女性なのは、かつて女子校だったことの名残《なごり》である。化学の教師でもある美月は、メガネと白衣をトレードマークに、凛《りん》とした理知的な印象を醸《かも》しだす。それでも、穏和な顔立ちに加えてまだ20代半ばという若さが、キャリアウーマン然とした冷たさを与えずにいた。

「連絡事項は特にないです。委員長、文化祭のアンケートは集まりましたか？」

「はい。あとで集計して先生にお渡しします」

貴美が答えると、美月はニッコリ微笑む。

「よろしくお願いします。じゃあ、今日も一日元気でやりましょう」

いたって簡潔にホームルームは終わりを告げた。それもそのはず、続く1時限目は美月が教鞭《きょうべん》を執る化学の授業なのだ。しかも今週は、あらかじめ告知されていた実験週間であり、学科棟の化学実験室へ移動しなければならなかった。数々の薬品を使用する化学実験では、ちょっとした不注意が事故を引き起こす。故に、教室への移動は速やかに果たし、準備も後片づけも余裕を持って行う。それが美月の口癖だった。教科書とノート、それに筆記用具を手にし、生徒達は美月に引率されて教室を出る。遅刻ギリギリで登校した洋介は、一番最後に席を立った。教室の戸を閉めて廊下に出る彼に、美月が声をかける。

「ひとり暮らしはどう？　問題なくやってる？」

「はい、大丈夫です。もう慣れました」

「そう？　ならいいけど……」

レンズの奥の目が、ふっと細まった。なおも何かを言いかけようとすると、クラスメイトの女子が割って入り、授業の質問を始める。美人教師である美月は、男子だけでなく一部の女子にとっても憧《あこが》れのマトである。独占は許さないとばかりの級友の態度と、そうとは知らずに熱心に説明をする美月の様子を見比べ、洋介は小さく会釈して歩きだした。

鉄筋コンクリート3階建ての学科棟。化学実験室はその2階にある。3年生の教室が並ぶ本校舎2階とは、間を繋ぐ事務棟で〝コ〟の字形に結ばれていた。一般教室の5割増しの広さがある実験室に入るなり、洋介は3列に並ぶ実験テーブルの最前列、一番窓側の席に座る。隣には貴美が腰を降ろした。化学実験室ではお馴染みの席順だ。男女共学になってから3期生目に当たる洋介達だが、それでも各クラスの6割以上を女子が占めていた。2年に進級した際に行われるクラス替え以降、洋介の出席番号はクラスの男子の最後尾となり、貴美は女子の先頭。結果、テーブル席となる特別教室での授業では、ふたりは隣り合わせで着席することが多かった。クラス全員がテーブルにつくと、すぐに授業は始まる。

美月が簡潔に課題となる実験の説明をし、各テーブルごとがグループとして準備に取りかかった。器具や薬品を揃《そろ》え終えたグループから、早速実験を開始する。その間、美月は各テーブルを注意深く見てまわり、時折細かい指示を与えていた。

「やっぱり水野くん、長沢先生に好かれてるよね」

小さく千切ったリトマス試験紙でビーカーに入れた溶液のモル濃度を調整していた洋介は、不意に囁《ささや》かれて首を横に向けた。そこには、テーブルの上の試験紙を覗《のぞ》き込む振りをして身を寄せる貴美の顔がある。彼女は、ポカンと口を開けた洋介に苦笑した。

「だって、口調が全然違うじゃない。水野くんと話す時だけ」

貴美はそう言うが、洋介には今ひとつピンとこない。美月が担任代行をしている最近はともかくとして、そもそも副担任の教師と会話を交わす機会は少ない。ましてや化学の教師となればなおさらである。職員室や科別の教員室よりも、美月は実験室の隣にある準備室にいることの方が多かった。生物や地学、あるいは物理の授業でも実験室を使うことはあるが、基本的に部屋の管理は化学教師の役目で、実楠学園には化学教師がひとりしかいなかった。取り扱いに注意が必要な薬品を保管する実験室や準備室は私用での入室が制限されているから、よほどの理由がなければ会うこともままならないのだ。

けれど……。洋介は考えた。おそらく自分は学園内で最も美月と会話を交わしている。父親を亡くして精神的に不安定になっていた時、美月が親身になって励ましてくれたことを彼は忘れてはいなかった。当時、担任教師の平田由里《ひらたゆり》はまだ妊娠もしていなかった時期だが、クラス全員に責任を持つ立場である以上、特定の生徒だけを見ているわけにはいかなかった。しかし洋介の家庭の事情を知ってもいるので、彼の面倒を副担任の美月に委《ゆだ》ねたのである。一方の美月は、洋介が副担任として初めて受け持ったクラスの生徒だったこともあり、とても熱心に面倒を見てくれた。ふたりにはそんな経緯があった。

むろん、だからといって教師と生徒以上の関係がふたりの間にあったわけではない。

「気のせいだよ」

洋介は小さく呟いていた。


放課後……。洋介は学校からアルバイト先の喫茶店へ向かう途中で涼子と出喰《でく》わした。

自身も学校の帰りらしい涼子は、足を止めた義弟の顔を覗き込むようにして口を開く。

「バイト？」

「う……、うん」

「今晩、ちゃんと来てよね」

「うん、わかってるよ」

「じゃあ、わたしは先に……」

言うが早いか、涼子はクルリと踵《きびす》を返した。酷くそっけない会話。だが、その短いやり取りの中で、洋介は涼子の意図を理解していた。彼女は念を押しに来たのだ。あるいは、義理の弟を心配してのことかもしれない。いずれにしても、今夜は久しぶりに静佳の手料理が食べられる。義母の作る料理の味を思いだすと口の中に唾《つば》が湧《わ》いた。思えば、しばらく味気ない食生活が続いている。

かなり飢えてたのかな？　ゴクリと喉《のど》を鳴らし、洋介はバイト先へと急いだ。

喫茶店〝もみの木〟は、商店街ではなく住宅地にある。一戸建て家屋を改築した店で、1階が店舗、2階が住居になっていた。水野家から徒歩5分の位置にある、いわばご近所さんだ。実際、脱サラをして喫茶店経営を始めた川森《かわもり》夫妻と洋介の父親とは旧知の仲で、以前はよく家族ぐるみのつき合いをしていた。もちろん洋介も、ほんの少し前までは常連客のひとりとして店に通っていた。

「こんにちわー、珪子《けいこ》さん」

扉を開けるなり声をかけると、テーブルを拭《ふ》いていた川森珪子が顔を上げて微笑む。

「あ、洋介くん。お疲れ様ァ」

店内に客の姿はない。今日に限らず、書き入れ時であろうと席が埋まることは滅多になかった。珪子がテーブルを拭いていたのも、さっきまで客がいたからではなく、単にヒマを持て余していただけのことなのだ。

「珪子さん、掃除なら俺やりますから」

「そう？　じゃあ、お願いね」

川森夫妻のひとり娘である珪子は、手にした布巾《ふきん》をカウンターに置き、かすかに濡れた指をレモンイエローのエプロンで拭《ぬぐ》った。いくぶんクセのある赤毛が目を惹《ひ》く彼女は、まだ20代前半。3年前に事故で両親を亡くし、大学を中退して遺《のこ》された店を継いだ。けれども、本人の意志はともかく、客商売……、それも飲食店の経営がそう簡単にできるものではない。当初は同情で集まった客もしだいに遠のき、親が遺した保険金は店のローンで消え、それこそ東京ローカルTV局の飲食店救済番組よろしく経営は火の車……、といった具合だった。にもかかわらず洋介を雇っている理由は、彼が珪子と顔馴染みであり、お互いに似たような境遇であることが大きい。もっとも珪子は、年長者かつ店のオーナーとして、洋介に経営状態を明かすようなことはしなかった。常に明るく振る舞って、我が身の不幸も店の不振も一切口に出しはしない。あまつさえ、苦しい中からなんとか捻出《ねんしゅつ》した金で、洋介にはそれなりのバイト料を支払ってさえいた。

狭い控え室でエプロンを身に着け、洋介はモップを手にカウンターの前へ戻る。ちょうどそこへ、店の電話が鳴った。

「はい、〝もみの木〟で……」

応対の途中で、受話器を握る珪子の表情が曇る。洋介に背を向け、声を低くした。

「は、はい、すみません……。それはすぐに算段つけますから……。ええ、先月分と今月と。はい、ふた月併せて……」

そんな歯切れの悪いセリフを、洋介は聞くとはなしに聞いていた。店の経営状況は誰が見ても明らかで、実際に珪子がバイトの話を持ちかけてきた時は冗談と思ったほどなのである。それでも、家を出てひとり暮らしをするには金がかかる。せっかくの親切を無にするのも失礼だ。だから彼はバイトを引き受けた。珪子の恩情に報いるため、一生懸命に働こうと心に決めて。

洋介がアルバイト店員を務めるのは、学校が終わってからの数時間でしかない。店内の掃除や食器洗い、そして時折訪れる客の接待をするうちに、いつしか初夏の太陽も西の街並みの向こうへ消えようとしていた。そろそろ上がりの時刻である。洋介も珪子も先刻の電話については一切触れず、客がいない間は世間話に花を咲かせていた。

「洋介くん、今日は上がっていいわよ」

珪子に言われてチラリと時計に目をやる。いつもより15分も早い。洋介はためらった。電話の件があるだけに気まずさは隠せない。けれど、そんな状況でも雇ってくれているのだから、仕事に対するけじめはキチンとしなければと思う。どう応じるか迷っていると店の扉が開いた。

「いらっしゃいませ……、あ」

客と思った相手は涼子だった。ピンクのキャミソールにジーンズという出で立ちの彼女を見つめ、洋介は今夜食事の誘いを受けていたことを思いだした。

もしかして迎えに来てくれたのだろうか？　ふと、そんな思いが頭をかすめる。ポツリとオーダーを告げた涼子はカウンターの一番奥に腰を降ろした。

「いらっしゃい、涼子ちゃん」

笑顔で挨拶する珪子が、ブレンドコーヒーを淹《い》れながら、洋介に「もういいわよ。お疲れ様」と促す。言われた洋介は小さく頷いて控え室に下がった。涼子がコーヒーを飲み終える頃合《ころあ》いを見計らって帰り支度を整え、そのまま義姉と一緒に店を出る。気を遣ってくれた珪子への感謝と、涼子が迎えに来てくれたのだという確信を胸に。

夜の帳《とばり》が降りた住宅街を歩く間、ふたりはなんの会話も交わさなかった。洋介には話題がなかったわけでもないが、迎えに来てくれたことを尋ねようものなら、「別に」とそっけなく返されるのは目に見えていた。無言のまま歩くこと5分。ふたりは水野家へと辿り着く。街灯にぼうっと浮かぶ白亜の建物は、洋介にとって久しぶりに見る我が家だった。

「まあっ、洋介くん。いらっしゃい！」

玄関に入ると朗《ほが》らかな声が出迎える。義母の静佳だ。義理とはいえ息子を〝くん〟づけで呼び、あまつさえ「いらっしゃい」などと出迎えるのだから相当他人行儀にも思える。だが、他意はないのだ。その証拠に、静佳は嬉《うれ》しそうに満面の笑みを浮かべていた。

「お邪魔します」

義母のセリフにつられて洋介も他人行儀に応じる。薄手のワンピースの上にエプロンを着けた静佳が大きく頷き、次いでハッと目を見開いた。

「あっ、たーいへん！　ハンバーグがコゲちゃうっ！」

言うが早いか、慌ててキッチンへと走る。母の後ろ姿を眺め、涼子がボソリと呟いた。

「……相変わらず忙《せわ》しないわね」

まったくだ。洋介は思う。今は亡き父の再婚相手として初めて会った時から、静佳はそんな女性だった。明るく朗らかではあるが、どこかおっちょこちょいでそそっかしく、少女を思わせる可愛《かわい》らしさがあった。まさしく相変わらずだ。以前とちっとも変わっていない。なんとなく安心した気分になって、洋介は苦笑した。

静佳のようにあたふたと駆けまわりながら食事の支度をするタイプは、他人の手を借りたがらないものだ。うっかり手伝おうものなら却《かえ》って混乱を引き起こす。実の娘である涼子は、その辺りをよく心得ていた。どんなに手際が悪かろうと、決して母親の手伝いをしようとはしない。それどころか、無関心にTVを観ながらくつろいでいる。対する洋介はというと、手伝いを申し出にキッチンへ足を踏み入れたものの、お客さん扱いをされてリビングに押し戻される始末。結局のところ洋介は、父親を祀《まつ》る仏壇に線香をあげたあと、涼子と一緒にリビングで待つしかなかった。やがて、食事の支度が整い、洋介と涼子はダイニングへ呼ばれた。ようやく落ち着きを取り戻した静佳がテーブルの上に何種類もの料理を並べる。3人で食べるにはいささか多い量だが、それだけ静佳が張りきったということは充分に理解できた。和やかな雰囲気でテーブルを囲んだ3人は、それぞれ思いおもいに料理を頬張《ほおば》った。

水野家の主、洋一郎《よういちろう》が自動車事故で他界して1年と2カ月が経《た》とうとしている。起業家だった洋一郎は、ある程度の遺産と保険金を遺していた。都内に5LDKの家を構えていたこともあって、母子3人が当面暮らしていくには充分な額だ。けれど問題は、遺された家族のうち、洋介だけが血の繋がりを失ってしまったという事実。彼が家を出た理由の根幹には、そのことが多分に影響を及ぼしていた。

「ひと休みしたらお風呂《ふろ》に入りなさいね」

たらふく食べた洋介が箸《はし》を置くと静佳が言う。珍しく母親らしい言葉だった。物心ついてすぐに実の母を亡くした洋介にとって、それは魔法の呪文《じゅもん》の如き効力を持っていた。

静佳の言葉に素直に従い、早速一番風呂に浸かった洋介は、身も心もさっぱりさせて脱衣所へと出た。腰にタオルを巻き、濡れた髪をバスタオルで拭きながら小さく息を吐く。ふと目を向けた脱衣籠《だついかご》の中には、真新しい下着が入れてあった。どうやら入浴中に静佳が用意しておいてくれたらしい。それを身につけ、きちんと畳み直されてあった学生ズボンを穿《は》く。籠の中が空になった。下着はともかく、Yシャツも洗濯するつもりのようだ。むろん、学生ズボンと違って予備のYシャツはアパートに帰ればあるのだが、当面は何を着ればいいのだろう？　洗濯は明日の朝にするはずだから、このままでは上半身裸で帰ることになってしまう。洋介はキッチンの静佳に声をかけた。

「あのォ……、俺、上は何を着れば……」

「あっ！　そうね、上に着るものを用意してなかったわね。ごめんなさい」

すぐに静佳がポロシャツを持って現れる。見覚えあるデザインのシャツは、洋一郎が生前に愛用していたものだと洋介は気がついた。考えてみれば、自分の服はすべてアパートに持っていっていたのだから、父親の遺品が出てくるのは頷けることである。差しだされたシャツを着込むと、計ったようにピッタリのサイズだった。洋介の記憶の中では未《いま》だ父の存在は大きい。いつの間にか服のサイズが同じになったことが妙に感慨深かった。

一方、静佳も感慨を持ってシャツを見つめていた。洋一郎との結婚生活は決して長くない。互いに10代の子を持っての再婚だったため、新しい家族関係の構築に忙しく、ふたりきりで過ごす時間はほとんどなかった。そして、今目の前で義理の息子が着ているシャツは、彼女が夫の誕生日にプレゼントしたものだ。かすかに潤む瞳《ひとみ》をそっと上に向けると、そこには愛を交わした男性によく似た顔立ちがあった。自然と胸が詰まり、かすかに視界が滲む。目の前の顔はぼやけ、よりいっそう洋一郎の顔と区別がつかなくなった。

「……義母《かあ》さん？　義母さん？」

不意に呼びかけられ、静佳は我に返る。

「あ、ごめんなさい。わたし、ぼうっとしてたかしら？」

キョトンとした口調に、洋介は笑って首を振った。義母に気を遣ったのだ。

「そう？」

小首を傾げて呟いた静佳が、次いでニッコリと微笑む。そうして彼女は「今夜は泊まっていってね」と言いながら義理の息子の首へ手を伸ばした。細く長い指がシャツの襟《えり》を整え、指先が首筋に触れる。その瞬間、洋介の頭の奥でバシッと火花が散り、閃光《せんこう》の中心に鮮明な映像が浮かび上がった。艶《なま》めかしくぬめり光る柔肉。振り乱れる豊かな肉房。激しくのた打ち悶える全裸の女性。胸を焦がす熱と身を揺さぶる衝撃、そして生々しい肉の感触をも伴った光景は、あろうことか静佳の痴態だった。

バカな！　なんて妄想をっ！　だが、洋介は見てしまった。額にかかる前髪の隙間《すきま》からのぞく義母の表情を。ドロンと濁った瞳に宿る妖《あや》しげな光を。小さく舌舐《したな》めずりをして朱唇を濡らし、かすかに笑う口もとを。

「……洋介くん？」

艶《つや》やかな朱唇が声を洩らした。ギョッとする洋介の瞳に映ったのは、いつもと変わらぬ穏やかな義母の顔である。

やっぱり妄想だったのか？　羞恥《しゅうち》の表情を悟られまいと、洋介は咄嗟《とっさ》に天井を仰ぐ。

「あ、……うん。今度は俺がぼーっとしてたね」

そう言う彼に、静佳がクスッと笑った。うっかり洋介が〝今度〟という言葉を口にしたからだ。これで先ほどの心遣いは無に帰したことになる。しまったと思ってもあとの祭りである。ふたりは顔を見合わせて笑い合い、連れ立って脱衣所をあとにした。

洋介の次は涼子が風呂に入った。静佳は「最後に入るから」と言い残し、今は誰も使っていない洋介の部屋に布団を敷くため、2階へ上がっていった。ひとり残された洋介は、リビングのソファに腰を降ろす。テーブルの上には、涼子が出してくれたフルーツ牛乳が載っていた。義母も義姉も、自分に気を遣ってくれている。なのに……。

洋介はぼんやりフルーツ牛乳のビンを眺めた。

今朝の夢といい、さっきの妄想といい、いったいどうしてしまったというのだろう？

家族に対して、感謝すべき相手に対して、なんという感情を抱いてしまったのだろう？

ビンについた水滴がテーブルへと伝う。雫《しずく》を目で追い、洋介はため息をついた。彼の抱く罪悪感は今に始まったことではない。そもそもそんな邪《よこしま》な感情を抱いてしまったことがひとり暮らしを始めるきっかけになっていたのだ。しだいにいたたまれぬ気分になる。喉が渇いた。フルーツ牛乳をひと息に飲み干し、洋介はソファから立ち上がる。

今夜は帰ろう……。今は一刻も早くこの家から逃げだしたい。彼はそう考えていた。ただ、黙って帰るわけにもいかない。静佳には挨拶しておこう。洋介は階段を昇った。

かつて暮らした自分の部屋を覗くと、そこに静佳の姿はなかった。フローリングの床の上に来客用の布団が敷いてある。その手間を無駄にしてしまうのは心苦しいが、自分が抱いた妄想があたかも恩を仇《あだ》で返しているように思えてならない彼は、同じ屋根の下にいること自体に罪悪感を持ってしまうのだった。

義母さん、自分の部屋かな？　振り返った洋介の耳に小さな物音が届いた。さらに、妙にくぐもった低い声。話声ではない。どこか甘く切ない響きを含んだ息のようだ。それは夫を亡くした夫婦の寝室から聞こえた。ドアをノックしようとして、ふとためらう。軽く虚を握った拳《こぶし》は、ゆっくりと開かれ、今度はそっとドアノブを握った。

何をしようとしてるんだろう、俺……。心の呟きに答える者はいない。彼の手は、ゆっくりとノブを捻った。ほんの少しだけドアを開け、室内に目を凝らす。義母さんがいるか確かめるだけさ。自らに言い聞かせる言葉が白々しかった。そして……。

狭い隙間越しに見えたものは、洋介の身を強《こわ》ばらせた。

部屋の奥に置かれたダブルベッドの上で、彼が妄想した白い肢体が躍っていた。何人もの男の手を経たであろう豊かにたわむ肉房を掴み、自ら乳首を嬲《なぶ》る静佳。みるみるうちに指の間で乳首が張り凝り、固く尖《とが》ったそれは鮮やかな桃の色に染まる。

「んっ、あぁん……、んっ、あ……うっ、欲しい……」

まるでドアに向かって見せつけるように脚を開き、手入れの行き届いた爪《つめ》の指先が腿《もも》のつけ根の花園に埋もれてはぬめついた愛液を掬《すく》いだす。ジュプリと濁った水音。熟れた肉体がベッドの上で弾《はず》み、熱い喘《あえ》ぎが耳を打つ。

「あっ、ぁ……あぁ、シたい……。抱かれたい……。んっ、はぅ……、若いオトコ……、あぁっ、お願い、わたしを……、抱いてぇ……」

義母が見せるあまりにも淫らな姿に、洋介は激しく動揺していた。それでも、だからといって目を逸らすことはしない。むしろ彼は、血走った眼を静佳の痴態に釘《くぎ》づけていた。

「ちょうだい……。抱いて。若い……、ああ、洋介くん……」

一瞬の驚愕《きょうがく》。同時に、自慰に耽《ふけ》る静佳の姿が9カ月前の自分と重なる。あらぬ妄想を膨らませ、熱く滾《たぎ》る分身を握り締めていた自分と……。その途端、背筋を悪寒が疾《はし》った。誰かの鋭い視線を感じたのだ。

まさか……、義姉さん⁉　慌てて首を捻ったものの背後には誰もいない。涼子が階段を昇ってくる気配もない。彼の周囲には重苦しい静寂だけがあった。気のせいか？　いや、そうではない。視線は確かにある。しかもそれは、洋介の体内、すなわち彼の身の裏側からのものだった。自分の中のナニモノかが、じっと見つめている。そう認識した時、悪寒が戦慄《せんりつ》に変わった。冷ややかというよりも冷酷に感じる視線に射抜かれ、洋介は身を竦ませる。けれどその視線は、義母の痴態を盗み見る自分を責めているわけではなかった。それどころか、ドス黒い闇の中に潜み、強烈な眼力で洋介の背中を押しているのだ。

部屋に入れっていうのか⁉　怯《おび》えて震える心。すると突然、頭の中に男の声が響く。

《そうだ。そうだよ》

　聞き覚えのあるような声だが、誰のものかは判然としない。声は言う。

《あの女の淫らな姿を見たんだ、もうわかったろう？　心の中はキレイなものでできちゃいないいんだよ。いいじゃないか。あいつもお前とヤりたがってるんだ。ヤっちまえよ》

　抑えた口調ではあるけれど、言葉の端々に酷く獰猛《どうもう》で狂暴な力が滲んでいた。ゾワゾワとした感覚が、体の末端から中心に向かって這い進んでくる。声はなおも言った。

《壊しちまえよ。向こうが望んでるんだ。何を恐《こわ》がる必要がある？》

　そのセリフに、ドアの向こうの静佳の声が重なる。

「う……あっ、ちょうだい……、ここに……」

　洋介は大きく見開いた両目を扉の隙間に戻した。義理の息子が覗いているなど知りもしない静佳は、愛液を掻《か》きだしていた右手で敏感な肉芽を摘まみ擦《こす》る。２本の指をわななく蜜壺に埋め、緩やかな抽送を繰り返す。溢《あふ》れる透明な液がシーツに糸を引いて滴った。

「お願い……。洋介……、挿入《い》れ……て……ああっ！」

　瞬間、洋介の頭の中は真っ白になった。その逆に、胸の内が真っ黒に塗り込められる。さらに下の股間では、くすんだ色の炎がメラメラと燃えていた。

　ためらいもなく伸びた腕が無造作にドアを開く。行為に夢中の静佳は闖入者《ちんにゅうしゃ》の姿にも気づかず、粘る水音を淫靡《いんび》に響かせる指の動きを止めようともしない。足音を忍ばせて歩く洋介がベッドの横に立つと、ようやく彼女は全身を凍りつかせたかの如く動きを止めた。

「え？　よ、洋介……く……。い、いやぁっ！」

手探りで掴んだタオルケットで慌てて裸身を隠す。すっかり取り乱した義母を低く圧《お》し殺した声が一喝した。

「騒ぐな」

信じられないといった表情で静佳は目を見開く。

「洋介……くん？」

「騒ぐなと言ったんだ」

言いながら、静佳の手からタオルケットを乱暴に奪い、露になった肢体にすかさずのしかかる洋介。その口もとは、唇の端だけを上げて嗤《わら》っていた。

「今していたことを、涼子にバラされたいのか？」

静佳は息を呑《の》んで圧し黙った。実の娘に、自分の淫らな行為を、まして義理の息子に抱かれることを想像して自慰に耽っていたことを、知られたくないのは当然だ。

「ここで俺が大声を出してみろ。涼子に聞こえるぞ」

「洋介く……」

抵抗ではなく説得の言葉を言いかける静佳の声に、洋介の吐くセリフが被《かぶ》る。

「俺が無理矢理襲っても立派な醜聞だろ？　違うか？　義理とはいえ、母と息子だ」

　ゴクリと静佳が唾を呑み込んだ。子の不祥事は、いつの世も親の責任とされる。だが、彼女が真に恐怖したのは、世間に後ろ指さされることではなく、妄想でとはいえどタブーを犯す悦《よろこ》びを望んでしまった自分自身に対してだった。結果、取り返しのつかない事態が目の前にあるのだ。なのに……。

「わたしは……、どうしたら……」

　母としての言葉ではなかった。喉の奥から洩れたか細い声は弱々しく震えている。

「わからないのか？」

　ニヤニヤ笑みを浮かべたまま、洋介が静佳の両手をねじ上げた。

「悪いようにはしない。お前の望むようにしてやるんだよ」

　学生ズボンに手を伸ばした洋介が、ベルトを外してファスナーを降ろす。ズボンとトランクスを中途半端に脱ぐと、いきり勃《た》ったイチモツが静佳の眼前に姿を現した。久々に目にしたナマのオトコ。その逞《たくま》しい肉棒に静佳が目を見張った一瞬の隙を突き、洋介は愛液に濡れてグチュグチュになった秘部へと怒張を押し込んだ。

「ひっ！」

　体内を一気に貫かれ、喉の奥で引きつれたような悲鳴があがる。

「なんだよ。ビショビショになってるからこんな簡単にオトコを咥《くわ》え込むんじゃないか」

　洋介を見つめたまま、静佳は激しくいやいやをした。体内を貪る凶器から逃れようと悶えるが、洋介がガッチリと豊かなヒップを抱え込んでいる。根もとまで埋まる義理の息子を実感しつつ、静佳は喉を詰まらせながら声を搾りだした。

「あ……、あなた、本当に……洋介くん、なの？　いつもと全然……、あああっ！」

洋介の腰が突発的に躍動し、問いかけは喘ぎに変わる。自慰によって図らずも準備を整えていた膣内《ちつない》は、邪悪に膨れ上がった剛直をすんなり受け止め、男日照りの肉体に快楽を浸透させていく。求めていたモノを得た肉襞が背徳の悦びにざわめいた。

「あっ、んっ、あ……、すごっ、あぁぁ……、いっぱい……」

欲望に任せた灼熱《しゃくねつ》の憤りが、未亡人の体内に捻り込まれては引き抜かれ、また貫く。暴力的なビートを刻むパッションに合わせ、静佳の身体《からだ》も激しくうねった。

「んっ、はぅ……あっ、あーっ！」

我が身を貫く肉竿《にくざお》の虜《とりこ》となった肉襞は、ざわめく粘膜を絡みつかせてさらなる快感を得ようと伸縮を繰り返す。いつしか静佳は、自ら激しく腰を振っていた。

「すごいじゃないか。本当にオトコが欲しくて堪らなかったんだな」

乳房を圧し潰《つぶ》すように身を重ねた洋介が耳元で囁く。静佳はいろいろな意味で泣きそうな表情を浮かべた。しかし、ピストンに合わせて躍る腰は動きを止めない。熱い喘ぎを洩らす朱唇が、洋介の言葉に応《こた》えて嬌声《きょうせい》をあげる。

「んっ、あ！　だ、め、堪《たま》らない……、あああーっ！」

膣奥からの強烈なうねりが義理の息子を締めつけた。性の快楽を充分に知りながら、しばらくご無沙汰《ぶさた》していた人妻の絶頂は早い。

「あふ……、あぁっ！　洋介、くん……、すごい、太い……、あぁぁんっ！」

子宮口を何度も突かれ、静佳の肉体は内も外もビクビク痙攣《けいれん》し始めた。

「あっ、あ、そんな……、だめっ！　イく……、イッちゃう、わ……」

フィニッシュへ向け、ベッドに両腕を突っ張らせる洋介。一方の静佳も、洋介の腰に脚を巻きつかせて、何度となく下腹部を押しつける。加速する互いの動きに、たわわな肉房が際限なしに振り乱れた。

「イ、く……、あんっ！　イくぅっ、イッちゃうぅぅうっ！」

ひと際大きく身を震わせた静佳は、そのまま背筋をのけ反らせて絶頂に達した。肉棒との激しい摩擦《まさつ》で愛液を泡立たせる蜜壺の中、独立した生き物の如く蠢《うごめ》く肉襞が咥え込んだ怒張を強烈に締めつける。洋介が小さく呻《うめ》いた。彼もまた限界なのだ。ほどなく、パンパンに膨張したイチモツの先端が盛大に弾《はじ》けた。大量の熱い樹液が義母の体内に放たれる。

「あぁぁっ、すごいぃ……。ビシャビシャ、届くぅ……、う、はあぁぁぁぁ……」

吐きだされた白濁液を熟れた果実が呑み込んでいく。小刻みに痙攣しながら洋介を受け止めていた静佳は、やがてぐったりとベッドに身を沈めた。同時に、洋介の体が力なく崩れ落ちる。その様は、あたかも糸の切れたマリオネットのようだった。

第2章　顔のない悪魔

黒板を叩《たた》くチョークが渇いたリズムを刻む。時折、耳障りな甲高い音がして、チョークの先が砕けた。初老の数学教師が唱える微積分方程式の説明は読経のようだ。開け放たれた窓から午後の陽射《ひざ》しが降り注ぎ、室内の温度を上げている。授業は6時限目。昼休みの直後が体育の授業だっただけに、教室はしんと静まり返っていた。ほとんどの生徒が眠気を催しているのだ。

洋介はぼんやりと自分の掌《てのひら》を眺めていた。握っては開くという動作を何度も繰り返す。指を曲げ、拳《こぶし》を作っているのは自分の意志だ。なのに、奇妙な違和感が拭《ぬぐ》えない。微妙なズレを感じる。特に意識を集中させるでもなく眺める掌は、かすかにピントがぼやけ、輪郭がダブって見えた。自然と瞼《まぶた》が重くなる。初夏の陽光が乱舞する視界を、残光チラつく闇《やみ》が覆っていく。魂が肉体から遊離するような錯覚。動きを止めた掌に、ふとリアルな感触が甦《よみがえ》った。温かくて柔らかなそれは、生々しいまでの肉の感触だ。

俺……、義母さんと……。未《いま》だに信じられない思いだった。実際、彼は自分のしでかした行為を細切れにしか憶《おぼ》えていない。ハッキリ意識を取り戻したのは、夜明け近くだっただろうか。そこは義母の部屋で、ベッドの上だった。彼の隣りにはネグリジェ姿の静佳が寝息を立てている。かすかに香るシャンプーの匂《にお》いが、彼女が風呂《ふろ》に入ったことをうかがわせていた。だが、それはいつだ？ いつから自分は義母のベッドで眠っていたのだ？ 曖《あい》昧《まい》な記憶を手繰るうち、彼はついに忌《い》まわしい行為を思いだした。途端に血の気が失せ、恐怖に全身が震える。そっとベッドから抜けだし、早朝の町を一目散にアパートまで逃げ帰った。部屋に戻るなりシャワーを浴び、何度も何度も身を洗う。けれど、そんなことで犯した穢《けが》れが清められるわけもない。熱いシャワーを浴びても震えは止まらなかった。

静佳との行為のあとから夜明けまで、洋介の記憶は完全に失われている。眠っていたのだろう。その間に、義母と関係を持ってしまったことを、義姉である涼子に勘づかれやしなかったろうか？　酷《ひど》く不安だった。彼が犯した過ちは、すべてを壊しかねない。自分の立場を。周囲の人々との関係を。自らの存在さえ。それは恐怖だった。すると……。

《壊しちまえよ》

頭の芯《しん》から響く黒い声。声は続ける。

《いいじゃないか。壊しちまえよ。お前は正しい。壊せ壊せ。壊しちまえ！》

それはまさに悪魔の囁《ささや》きだ。恐怖に竦《すく》む理性に追い討ちをかけ、怯《おび》える心を闇一色に塗り込める。膝《ひざ》がガクガク震えた。饐《す》えた臭いが鼻を衝き、全身を無数の蝨《しらみ》が這《は》いずりまわるような嫌悪感が襲う。思わず悲鳴をあげそうになった時、バシッと机が鳴った。

「水野くん！　寝てるの？」

「え？」

唖然《あぜん》として目を見開く洋介の前に、クラス委員の佐々木貴美の顔があった。左手を軽く腰に当て、上体を曲げて覗《のぞ》き込む彼女は、不機嫌この上ない表情をしている。

「やっぱり寝てたでしょ？　水野くん、今日は日直なんだからねっ！」

そう噛《か》みつく貴美の右手には、学級日誌が握られていた。いつの間にか、授業はおろかホームルームも終わっていたようだ。級友の多くは、すでに教室からいなくなっている。

「ほら！　日誌つけといたから、せめて自分で先生に届けなさいよ」

「う……、うん。ゴメン。ありがと……」

日誌を受け取る洋介に、「まったく、しようがないんだからっ！」と言い捨て、貴美は居残る女子の輪に入っていった。そんな後ろ姿を無言で見送った洋介は、ノロノロ席を立ち、日誌を抱えて教室を出る。虚脱感に足もとがおぼつかない。それでも、さっきまでの不快な感覚はもうすっかり鳴りを潜めていた。

学科棟へ足を踏み入れ、化学準備室のドアをノックする。「あら？」と顔を覗かせたのは準備室の管理者で、化学教師の長沢美月。洋介のクラスの副担任も務める彼女は、産休中の担任に代わり、日誌のチェックをも行う。用件を告げた洋介は室内に招かれた。

「洋介くん、お茶でもどう？」

「あ……、はい」

様々な化学薬品の臭いに混じってコーヒーの香りが漂っている。学校にいる間のほとんどをこの部屋で過ごす美月は、私物のコーヒーメーカーを持ち込んでいた。昼休みや放課後だけでなく、ヒマがあれば準備室に籠《こ》もってコーヒーを飲むのが美月の日常だった。洋介としては彼女に恩がある。父親を失った衝撃で失意に暮れていた一時期、何かと励ましてくれたのだ。そんなこともあって洋介は準備室へ顔を出すことが多く、そのたびに美月はコーヒーや紅茶を淹《い》れてくれた。

「はい、これ。洋介くんのぶん。豆を変えたから、少し苦いかもしれないけれど」

テーブル代わりの低いスチールキャビネットに、美月がコーヒーカップを置く。洋介は礼を言って折り畳みイスに腰を降ろした。早速、ひと口啜《すす》る。確かにやや苦みが強いようだ。いささか顔をしかめる洋介を見て、「だから言ったのに」とばかりに美月が笑った。

メガネと白衣がトレードマークの化学教師という学者然とした美月だが、洋介とふたりきりの時に見せる表情は和やかで魅力的だ。タイプこそ違うものの、洋介の義母の静佳にどことなく似ている。そのことが、洋介に緊張を強《し》いていた。

「どうかした？」

「あ……、いえ……、別に」

ぎこちない仕種《しぐさ》で、洋介が日誌を差しだす。

「ひ……、平田先生が長期休暇だと、長沢先生も大変ですね。そのぅ……、いろいろ、代わりにやらなくちゃいけないことが多いでしょう」

「ハッキリ言っちゃうと、そうね」

日誌に目をとおしながら美月は苦笑した。

「実はここ何日か、お持ち帰りの書類仕事があってね。ちょっと寝不足なの」

「それで苦いコーヒーなんですか？」

美月が笑顔で頷《うなず》く。優雅に伸びた手がコーヒーカップを口へと運んだ。

「それより、洋介くんはどうなの？　ひとり暮らし、問題とかはないの？」

「あ……、え、ええ……。特には」

それは嘘《うそ》である。今の彼は非常に深刻な問題を抱えているのだ。けれど、この場で打ち明けられるほどの勇気はなかった。

「全部自分でやらなくちゃいけないから、めんどくさいなって思うことはありますけど」

取り繕うように言ったセリフに、美月がクスクス笑う。

「わかるわ。わたしも、仕事に追われて洗濯物とかが溜《た》まってくると、うんざりする時があるもの」

まだ独身の彼女は都内のマンションにひとりで住んでいた。以前は両親と一緒に暮らしていたが、数年前に結婚した兄が郊外に一戸建て住宅を購入したのを機に、両親もそちらへ移り住むことになったのだ。

「あっ」

不意に美月が小さな声をあげる。手にしていた日誌が足もとに落ち、拾おうとする彼女は上半身を屈《かが》めた。その拍子に、白衣の下、開襟ブラウスの胸もとにチラリとのぞくもの

第２章　顔のない悪魔

があった。ブラジャーに覆われた豊かな胸。その膨らみの谷間に思わず目を凝らす洋介。

あれは……、火傷《やけど》の痕《あと》？　ふっくらした白く美しい肌に、痣《あざ》のような変色部が奇妙なアクセントをつけている。洋介の視線が見守る中、日誌を拾った美月がイスに座り直した。

「あら、見えちゃった？」

視線に気づき、美月は軽く胸もとを整えて笑う。多少は気にしているようだが、それが火傷の痕のせいなのか、それとも単に胸もとを覗かれたせいなのかは微妙なところだ。どちらにしても、洋介は目を逸《そ》らさずにはいられなかった。

「あ……、いえ」

美月はどう思ったろうか。羞恥《しゅうち》と罪悪に頬《ほお》が熱くなる。しかも脳裏には静佳との行為が甦っていた。乱れた義母の痴態。その胸もとにじわりと浮かび上がる火傷の痕。しだいに高鳴る鼓動とともに、静佳の姿が別人へとモーフィングしていく。髪を振り乱して悦楽によがる顔は静佳のものに変わっていた。

何を考えてるんだ、俺……。妄想を頭から追い払おうとするものの、いったん思い浮かべた情景は容易に消すことができない。そればかりか、イスに座る下半身に熱が集中するのが手に取るようにわかる。ズボンの下で火照りを帯びた分身がムズムズと蠢《うごめ》いた。慌てた洋介は、静佳に悟られまいとしてポケットにさり気なく片手を突っ込む。その指先に何かが触れた。洋介は無意識にそれを握り締める。

日誌に目をとおし終えた美月がゆっくりイスから立ち上がった。準備室の隅に置かれたスチール机へ歩み寄り、日誌に捺印《なついん》する印鑑を探し始める。ちょうど洋介に背を向ける格好になり、彼はポケットから拳を引きだした。何気なく握った掌を開く。そこには小さなアンプルがひとつ載っていた。

なぜこんなものが？　ポケットに入れた記憶はない。ただ、洋介はアンプルがなんであるか知っていた。それは、かつて義母の静佳が服用していたもので、中身はベンゾジアゼピン系製剤だ。強い導眠効果がある。彼女の夫、すなわち洋介の実父が急逝したあと、静佳はしばらく不眠症に悩まされていた。アンプルは、その時に服用していたものだ。今はもう薬に頼る必要もなくなっていたが、ストックが残っていたとしても不思議はない。だとしたら、昨夜、義母との関係を持った時に持ちだしたということか。

でも……、なんのために？　あやふやな記憶を辿《たど》ろうとすると、酷く頭が痛んだ。目眩《めまい》とともに吐き気すら覚える。グニャリと歪《ゆが》む視界の隅では、背を向けたままの美月がまだ印鑑を探していた。

「せ……、先生、不躾《ぶしつけ》なこと聞くようですけど……」

「なあに？」

「そのぅ……、胸のところ……。火傷した、とか？」

一瞬だけ動きを止め、白衣の背中がふっと笑う。

「あら、よくわかったわね。昔、ちょっとしたアクシデントがあってね」

言いながら、印鑑を探す瞳《ひとみ》が虚《うつ》ろに漂った。美月の中で10年前の記憶が紐解《ひもと》かれる。思春期の頃《ころ》に起こった事故。それは化学の実験中に起きた。不注意にも硫酸入りの試験管を割ってしまったのだ。火傷の痕は、その時のものだった。

机の引出の奥に隠れていた印鑑をようやく見つけた美月は、日誌に捺印し、だいぶ冷めたコーヒーをコクリと一気に飲み干す。それを待って、洋介が唐突に問いかけを発した。

「……先生は、学生だった頃に憧《あこが》れていた先生とかいましたか？」

「え？　あ……、ええ」

少々面喰《めんく》らったものの、美月は笑って頷く。もっとも彼女は、洋介と視線を合わせずにいた。社会人になってから何年も経《た》つが、思春期の甘酸っぱい思い出を口にするのは恥ずかしさを伴うものだ。いくぶん遠い目をして、美月は当時のことを口にする。

「そんなこともあったわね。さっき話したアクシデントの時の化学の先生だったわ……」

彼女が憧れた化学教師は山寺《やまでら》といい、既婚者だった。それでも美月は、常日頃から彼を意識していた。初恋だった。当然のこととして、化学の授業の時はなおさら意識してしまう。硫酸を使った実験中に注意を怠ってしまったのも、意識が山寺教諭に向いていたからである。結果として彼女は火傷を負った。ひとつ間違えば失明などの危険もあったし、他の級友を巻き込む可能性さえあった。担当教師として山寺の責任は重大だった。監督不行届きを問われた彼は、その年のうちに他校へと転任していった。美月の初恋は儚《はかな》く終わった。自らの不注意によって。彼女の身に痕を残した硫酸は、心にも痕を残したのである。

「……だからわたし、化学教師なんてやってるけど酸の類《たぐい》は怖いの。慎重に慎重を期して取り扱うようにしているわ」

話が終わると、美月は大きく伸びを打った。途端にアクビが出る。連日の睡眠不足のツケがまとめて来たような激しい眠気に襲われる。

「あ……ら？　わ、わた、し……」

メガネを外し、何度も目を擦《こす》るが、どうにも眠気が収まらない。いいや、むしろしだいに酷くなっているようだった。

「ご、ごめん、洋介くん……。わたし、睡眠……不足……で……」

最後まで続けることもできずに、美月の首がガクリと折れる。すぐに安らかな寝息を立てる彼女を洋介は無言で眺めていた。やがてユラリと立ち上がり、ゆっくりした足取りでドアに歩み寄る。ノブへと伸びた手が内鍵《うちかぎ》のボタンを押すと、軽く握った指の隙間《すきま》から何かが転がり落ちた。乾いた音を立て床の上で弾《はず》むそれは、空になったアンプルだった。

「う……」

何度となく頬に痛みを感じ、美月は深い眠りから呼び覚まされた。薄く開いた瞼の先には見慣れた化学実験室の風景が広がる。目線の高さからして、イスに座っているらしい。

確か準備室で寝てしまったはずなのに……。まだ霞《かすみ》の晴れない頭で、ぼんやり考えてみる。妙に強《こわ》ばった身体《からだ》を解《ほぐ》そうと肩を揺すり、美月は身の自由が利かないことを悟った。イスの背へ後ろ手に回された両手首には、細いゴム管が何重にも巻きついている。そればかりか、緩く開いた両脚も足首をゴム管で縛り上げられ、イスの脚に固定されていた。

「あ……、え……、ええっ⁉」

自分の置かれたあまりにも理不尽な状況に、美月の目が見開かれる。

「やっ！　ちょっと……、どう……」

「うるさい」

圧《お》し殺した声が聞こえ、視界に教え子の姿が入った。

「え？　あ……。ねえ、洋介くん、これ……、なんで、こんなことを……？」

美月の受けた衝撃は相当なものだ。当然だろう。だが問題は、それを行ったのが洋介であるらしいという事実。まずはそれが信じられなかった。

「ねえ、悪い冗談はやめて。早く、放して……」

「誰が冗談だと言った」

冷たい口調が言い放つ。美月は絶句した。目の前の生徒は本当に洋介なのだろうか？

ちょうど逆光気味になっているので、彼の表情は読み取ることができなかった。目を凝らしても、なぜか微妙にぼやけてしまう。それはまるで、表情としての顔がないようにも感じられる。

ふたりの間を沈黙が支配したのも束《つか》の間《ま》、不意に伸びた腕が白衣を掴《つか》んだ。息を呑《の》み拘束された身を竦めると、洋介が白衣を剥《は》いでいく。両手首を後ろ手に拘束したせいで、化学教師の象徴ともいえる白衣は中途半端に床へ垂れ下がった。

「やっ！　洋介くん、やめて！」

メガネの奥の瞳が恐怖に震える。叫びも虚《むな》しく、乱暴な腕がブラウスを脱がせ、スカートを引きずり降ろした。たちまち美月はパンティストッキングと下着だけの姿にされる。

「あぁ……、いや！」

成熟した肉体を教え子の眼前にさらした美人教師は、抵抗を諦《あきら》めたのか、何も言わずにただ首を横に振るばかりとなった。それをいいことに、洋介の腕は豊かなバストを覆っているレースのブラジャーを力任せに剥ぎ取った。

「ひっ！」

形のよい乳房がプルンとこぼれる。白衣に負けぬ白い肌。肉感的な膨らみの頂点に鮮やかな色彩の乳輪が咲き、双丘の谷間には痣のような痕が目を惹《ひ》く。どこか痛々しく、それでいて酷く艶《なま》めかしい。

「お願い……、もうこれ以上は……」

わななく朱唇を衝いた言葉に教師としての威厳は感じられなかった。手足の自由を奪われた状況で、毅然《きぜん》とした態度がどんな結果を招くか、美月は充分に承知している。もっとも、理性や情に訴えたところで、事態が好転する気配もなかった。その証拠に、足もとに膝を着いた洋介の両手はパンストを剥がしにかかっていた。デリケートなナイロンの薄生地は、爪《つめ》を立てただけで切れ目が入り、見る間に引き裂かれていく。無惨なボロ切れと化したパンストの下から現れたショーツも、あっさりと引き降ろされる。

「うぅ……」

抗《あらが》う術《すべ》のない美月は瞼をギュッと閉じ、長い睫《まつ》毛《げ》を震わせて涙ぐんだ。露わになった下腹部には柔毛生い茂るデルタがふっくらと息づく。

「先生、これから実証実験をしてやるよ」

普段とは異なる低い声で洋介が言った。

「よ……、洋介くん?」

「大切なものを壊したいって欲望の存在を証明するのさ。かつて先生がやったことだ」

洋介の口もとがニヤリと歪む。ゆっくり立ち上がり、実験テーブルに歩み寄る。そこにはいつの間にか試験管立てが置かれており、ゴム栓で口を塞《ふさ》いだ数本の試験管が並んでいた。1本を手に取り、美月へ見せつけるようにかざす。中には液体が入っていた。

「これはなんだと思う?」

言いながら足もとへ液体をこぼすと、床がジュワッと泡立ち、刺激臭が鼻を衝く。途端に美月は声にならない悲鳴をあげて身を竦めた。

「ま、まさか……！」

化学教師としての、そして過去の経験から、彼女には液体がなんであるか充分に理解できていた。酸だ。それも、おそらくは硫酸。美しい顔が血の気を失い、恐怖に凍りついた表情でじっと試験管を見つめる。

「さあ、思う存分観察してもらおうか。自分自身が実験材料になることなんて滅多にないだろうからな」

「やっ、やめて……。洋介くん、それだけは……」

すっかり狼狽《ろうばい》した美月は、すがるような眼差《まなざ》しを洋介へ向けた。

「まあ、お前の態度しだいではやめてやらないでもないがな」

洋介が低く笑いながら試験管をテーブルへ戻すと、涙で潤んだ瞳に安堵《あんど》の色が宿った。

そんな美月の耳に、酷く冷淡な声が届く。

「俺のをしゃぶるんだ」

一瞬、美月は何を言われたのか理解できなかった。戸惑う彼女に多少苛立《いらだ》った声が投げつけられる。

「フェラチオしろと言ってるんだよ」

「そ、そんな……、洋介くん……」

「やらなければ、どうなるかわかってるだろう？」

目の前に突きだされた右手が試験管を逆さにするジェスチャーをした。裸にされた段階で、自分の身に何が起ころうとしているのか予測はできていたはずだ。少なくとも、硫酸で焼かれるよりはマシであることも。

「わ、わかったわ……。やるわ……。やります」

美月の声が途切れるやいなや、洋介は服を脱ぎ捨てた。そして、いきり勃《た》った肉棒を誇示し、美月の顔へ近づける。少し怯《ひる》んだ彼女は、けれど観念したように朱唇を寄せた。

「ん……、んんっ、んぅ……」

亀頭の先端に吸いついた柔らかな唇は、いったん躊躇《ちゅうちょ》し、次いで縦に大きく開いて口腔《こうこう》内に異物を含み込んだ。

「ふぅぅ……、うあぅ……んっ、ぐ……、ジュブ……、ジュブブ……」

熱を帯びた肉棒を呑み込むごとに、唾液《だえき》が絡みつく淫靡《いんび》な音がする。ややざらついた舌が竿《さお》の部分を何度も往復し、閉じることの叶《かな》わぬ朱唇が暴れる怒張を軽く食《は》む。

「くびれの辺りもしっかり舐《な》めろ」

「あふ……んっ、ピチュ、チュプ、チュク……、んぐぅ……」

教え子の命令に従い、美月は舌先を使って必死にくびれを擦り、先端をしゃぶった。苦《く》悶《もん》に眉《まゆ》をしかめた顔が、なんともいえず嗜虐心《しぎゃくしん》をそそる。

「ククク……。いい格好だなあ、美月」

「ふっ、ぐ……、ううぅ……んっ、んぅ……」

ピチュピチュと舌を鳴らしていた美月が、ふと肉棒を吐きだした。

「なんだ？」

洋介が声を荒げる。ビクンと美月の身体が震えた。

「ご、ごめんなさい……。疲れてしまって……。お願い、少し休ませて……」

「休みたければ休めばいい。でも、休んだらどうなるか、身体に言い聞かせないとわからないようだな」

再び試験管立てに手を伸ばした洋介は、先ほどとは別の試験管を掴む。そのまま、美月へ投げつけるジェスチャーをした。

「ひっ、ひぃぃっ！」

激しい恐怖に美月が呻《うめ》く。

「背中を焦がしてやろうか？　それとも髪がいいか？　ジュッと音を立てて焼けるぞ」

「やっ、やめて、お願い！　やります……。やります！」

「なら、奥まで含むんだ」

言われたとおり、美月はペニスを喉《のど》の奥まで呑み込んだ。唇に力を入れて、根もとを何度も擦り立てる。火照る口腔の粘膜が肉棒を包んで収縮する。

「うくぅ……、んっ、ん……うぐ、ぐふ……んっ、んぅ……」

「そうだ。もっとだ」

「ぐっ、ふぅぐぅ……んっ、んん……」

美月の頭が前後するたび、豊かな乳房が洋介の腿《もも》に圧しつけられてひしゃげた。

「あぐぅ、んっ、ん……、クチュ……、ふっ、うぐ……うぁっ、うっ、うぅぅ……」

実験室に流れるくぐもった呻き。少々不規則なハミングに呼応して、洋介の腰が規則正しい主旋律のリズムを刻む。唾液まみれの肉棒の抽送を受け、薄く端正な唇が捲《めく》れ、絡みつく舌が蠢く。美月の頭上で教え子の荒い息がピッチを上げた。やがて、両手で頭を押さえつけられた美月の喉奥へ、グイとばかりに怒張が突き込まれる。

「ぐふっ！」

むせる喉が収縮し、ふんわりとした咽喉《いんこう》の粘膜が灼熱《しゃくねつ》の先端を包んだ。その締めつけ感に洋介の身がブルンと震え、そのまま口の中に大量の白濁液を噴出させる。

「うぶっぅうっ⁉」

咽頭にドブドブと精液を注がれて苦悶の呻きを洩《も》らす美月。

「ん、んぐ……、ぐう……、ぐふううっ！」

射精を終えて萎《な》えかけたペニスが抜き抜かれると、口腔内に溜まる粘液がドロリと朱唇の端から溢《あふ》れた。糸を引いて滴る精と唾《つば》の混合液が、細い顎《あご》を、柔らかな胸を汚す。咄嗟《とっさ》にすべてを吐きだそうとする美月だが、洋介はそれを許さなかった。美月の口を素早く掌で塞ぎ、歪む顔を強引に天井へと向けさせる。

「ん……、ぐ、うぐ……」

「だめだ。全部呑め」

まったりとした苦みのある粘液が徐々に喉頭を犯し始めていた。一刻も早く吐き捨てたい美月は、壊れた首振り人形よろしく、ガクガクと頭を揺すって抵抗する。

「呑めというのが聞けないのか？」

掌と汚液に口を塞がれては呼吸の確保も怪しい。美月は引きつった顔で、それでもかぶりを振り続けた。

「呑まないというのなら、こっちにも考えがあるぞ。さっきはかける振りをしただけだったがな。今度は……、そうだな、一番柔らかくて、一番大切なアソコにかけてやろうか」

途端に美月の動きが止まる。ギュッと閉じられていた瞼が大きく見開かれる。見降ろす顔がニヤリと嗤《わら》った。

「アソコが焼けたらどんなに痛いだろうなあ。ジュッて音がして、肉が焦げて……、引きつれて醜く固まって……」

言い終わらぬうちに、美月の喉がゴクリと音を立てる。

「んっ、んん……、ん……、うぅっ、んぐっ、ぐ……、んぐ……、ふっ、ううぅ……」

白い喉が大きく波打った。メガネの奥の瞳は屈辱に染まり、溢れでる涙が頬を濡らす。

「ん……、ぐほっ、けほ……、あぅ……、げほっ、げほ……」

何度もむせながら、美月はようやくすべてを呑み下した。それを確認した洋介が手を離すと、新鮮な空気を求めて喘《あえ》ぐ朱唇が、息とともに掠《かす》れた言葉を吐く。

「よ、洋介、くん……。お願い、解いて……」

「冗談じゃない。お楽しみはこれからなんだよ」

「洋介くん……、どうして……？　どうしてこんなこと……」

一度気を抜いたことで洋介の心に理性が戻ったかもしれない。そんな淡い期待を抱き、美月は言葉を紡いだ。しかし、返ってきたのはあからさまな嘲《あざけ》りの笑いだった。

「クク……。どうしてかって？　男が女を辱めることに理由なんてあるか」

「そんな……、酷い……。間違ってるわ……、こんなやり方……」

「うるさい！」

怒声が耳を打つ。美月はビクリと身体を震わせた。

「よ……、洋介、くん……？」

「うるさい、うるさい！」

呪文《じゅもん》のように唱える洋介が試験管をかざす。美月の顔が引きつった。

「やっぱり、かけてやるよ。お前の肉の焦げるところが見たくなった」

「よっ、洋介くん、お願い！　やめて、それだけは……。お願いだから……」

「いやだね」

「おっ、お願い！　やめて、洋介くんっ！」

声を震わせ、懸命に理性への訴えを続ける美月。けれどそれはまったくの徒労に終わってしまう。洋介の手の中で、試験管のゴム栓はあっさりと引き抜かれた。その一挙手一投足に、美月の瞳は釘《くぎ》づけとなる。もはや恐怖のあまり身動きもできない。唯一、噛み合わない歯だけがガタガタと音を立てていた。そして……。

「ひっ、ひぃぃぃぃぃっ!!」

試験管を満たしていた液体が無防備な股間《こかん》に注がれる。下腹部の柔毛や肌を叩くなり、シュワシュワと音をあげながら瞬時に泡立った。

「うぅぅぁぁぁぁあああああぁぁぁぁぁぁぁぁぁぁ……！」

思わず絶叫をあげる美月は、そのままぐったりと身体をイスに預けた。かすかに胸が上下し、目尻からはポロポロ雫《しずく》がこぼれる。身を捩るほどの痛みは不思議と感じなかった。にもかかわらず、彼女の意識は深い霧に呑み込まれる。ほとんどの感覚が失われ、朦朧《もうろう》としたまま天井を見上げる。恐怖が限界を超えてしまったのだ。

室内に異臭が漂う。だがしかし、異臭の正体は毛が焼ける臭いでも肉が焦げる臭いでもなかった。ツンと鼻を衝く独特の臭い。美月の座るイスから五月雨《さみだれ》の如《ごと》く滴り、床に水溜りを作る液体が放つ臭い。それはアンモニア臭だった。そう。美月は恐怖のあまり失禁してしまったのだ。では、試験管の中身を浴びた局部はどうなっているのだろう……？

びしょ濡れとなった下腹部は、陰毛や肌にいくつかの小さな泡をまとわせている以外どうということもなかった。なぜなら、洋介が手にした試験管の中身は単なる炭酸水だったのだ。美月が眠っている間に準備を整えた彼は、ダミー用に1本だけ硫酸入りの試験管を用意し、床にこぼして見せた。酸が怖いというトラウマを持つ美月は、すべての試験管の中身が硫酸であると完全に思い込んでしまったのだ。彼女のトラウマを利用したトリックだったわけだが、効果は予想以上のものだった。過度の思い込みがその人間にとっての真実となりうるのは、日常的によくある話なのだ。

いずれにしても、美月はすっかり放心していた。もはや抵抗を示す気配は、どこにも見受けられなかった。低く嗤う洋介が拘束を解き、そのまま床へ仰向けに転がしても、ほっそりした長身の肢体は力なく横たわるばかりだ。

熱く滾《たぎ》る分身を支え持ち、洋介は狙《ねら》いを定める。ヒクヒクと痙攣《けいれん》する秘裂へ導き、炭酸水と汚液で濡れた花弁の中心を力任せに貫く。肉棒は容易に埋まっていった。

「んうぅ……、あ……、あうぅ……」

かすかに開いた朱唇の隙間から、息とも嗚咽《おえつ》ともつかぬか細い声が洩れる。男性経験皆無な美月ではあったが、破瓜《はか》の痛みはまるで感じなかった。肉壺《にくつぼ》も怒張をすんなり受け入れ、ロストヴァージンの証《あかし》である出血も見られない。それは彼女の持って生まれた体質のせいもあるが、放心状態によって感覚がマヒし、筋肉も弛緩《しかん》しているのだ。

いったん根もとまで突き入れた分身を、洋介はグラインドを加えながら前後させた。無反応な肉体がその振動で揺れる。そうこうするうち、徐々に変化が現れた。

「ふ、うぁ……、う……ん、うぅぅ……」

美月が小声で呻く。柔らかくたわみ揺れる肉房の頂で、色づく乳首が勝手に勃ち上がり始める。全身が小刻みに痙攣し、抽送に合わせて結合部からはぬかるむ水音が洩れた。

「恐《こわ》がってると思ったのにな。膣《な》内《か》はぐしょ濡れじゃないか。淫乱女め」

蔑《さげす》みの言葉を投げつけ、洋介はさらに膣内《ちつない》を突きまくった。奥の奥まで、こじるように突き上げる。灼熱の先端が何度となく子宮口にぶつかる。

「く……、あぁぁ……！」

「なんだ？　感じるのか？　ここが！」

荒れ狂う激情をグイグイねじ込まれ、だんだん美月の瞳に正気が戻ってきた。今までデク人形と化していた肉体が、小刻みな痙攣とともにオンナとしての反応を如実に始める。

「あ、う……あっ！　や、いやぁ……！」

「ほら、乳首が勃起《ぼっき》してるぞ。コリコリだ」

わななく突起を乱暴に摘まれ、ビクンと美月の全身が震えた。ついに美月が絶叫する。

「や、やめてっ！　やめてぇぇぇぇっ！」

「うるさい！」

洋介も叫び、咄嗟に試験管を掴んだ。ゴム栓で蓋《ふた》のしてあるそれは、こともあろうか硫酸を入れたものだ。なんのためらいもなく、彼は美月の口腔内へ試験管を押し込んだ。美月の顔が蒼《あお》ざめ、頬を引きつらせる。

「ぐ、うぅぅっ！」

「騒ぐと割れるぞ」

「ふ……、うぅぅ……」

美月は黙り込んだ。

「そうだ。それでいいんだ」

そう言って嗤う洋介が、再び激しいピストン運動を始めた。

「ひっ！　くっ、ぐぅ……、うぐぅ……」

恐怖に満ちた美月の瞳。それとは裏腹に、滲《にじ》みでる淫蜜《いんみつ》でグチャグチャと糸を引く結合部。恐怖なのか興奮なのか、引きつりざわめく肉襞が暴れる凶器を締め上げる。対する洋介は、柔らかな肉を抉《えぐ》り、狂ったように腰を振った。

「うぐ……、うっ、ん、んぅ……、あぁっ！　や、やぁ……、ふっ、うぅ、うぐぁっ！」

ボロボロと涙をこぼす美月。愛液と先走りの液が混じり合う濁ったイヤラシイ音と、互いの肌がぶつかる乾いた音が実験室に響き渡る。

「うぁ、う……、ひっ、うっ、ううぅ……んあっ！　ああんっ!!」

体内を貪《むさぼ》る教え子から逃れようと、身悶《みもだ》える美人女教師は上半身を捻《ひね》り床の上に虚しく手を這わした。その動きに洋介は、分身を挿入したまま体位を変え、背後にまわり込む。

「んっ、あうっ！　やっ、やぁぁぁぁっ！」

ひと際激しく腰を揺すり立て、ヒクつく媚肉《びにく》を擦り、洋介はラストスパートをかけた。汗ばむ丸いヒップが打ちつける下腹にぶつかって震える。

「ひ、うっ、うあぁぁぁぁぁーっ！」

「くっ！」

ひと声呻いた洋介が不意に分身を引き抜き、美月の腹の上へ欲望の迸《ほとばし》りを吐きだした。二度目の発射にもかか

わらず大量の精液が飛び散り、白い肌をベタベタに汚していく。

「うう……、うっ、うぅぅ……」

灼熱の白濁液にまみれて裸身を痙攣させる美月は茫然《ぼうぜん》としたまま嗚咽を洩らしていた。その姿を冷酷に見降ろす洋介。半萎えのイチモツをブラつかせ、彼はさもおかしそうに嗤うのだった。


カーテンを閉めきった暗い室内で洋介はひとり膝を抱えていた。時刻は午後8時を回っているのに、部屋の照明は灯《とも》っていない。窓に背を向ける洋介を照らすのは、つけっぱなしのTVだけ。その画面には、巷《ちまた》で流行の陰陽師による除霊ドキュメントが流れていた。

俺は……、俺はなんてことをしてしまったんだ！　震えが止まらなかった。副担任の美月を辱めたなど、自分でも信じられない思いだった。そう。状況は義母である静佳を犯した時と似通っている。彼自身の記憶は酷く曖昧で、あたかも夢であったかのようなのだ。

準備室まで日誌を届けに赴き、コーヒーをご馳走《ちそう》になった。そこまではいい。だが、その先のこととなると、途端に記憶が不確かになる。思いだそうとするたびに目眩を伴う頭痛がした。頭の中で、誰かが「考えるな」と言っているようだった。いいや、声は実際に聞こえるのだ。洋介の耳の奥で、確かに声は告げていた。

《余計なことは考えるな。そんなことより壊しちまえよ、すべてを……》

誰……？　いったい誰なんだ？　心の中で問いかけてみても答えはない。最近何度も頭に響く声ではあるが、誰のものなのか相変わらず洋介にはわからない。その顔のない相手は、悪魔の囁きを呪文のように繰り返すだけだった。

じっとり汗を浮かべる掌を見つめていると、不意に電話が鳴る。大袈裟《おおげさ》なほど身を竦ませた洋介は、怯えた瞳でしばらく電話機を眺めていた。すると、留守番電話機能が作動して抑揚のない音声が流れる。そのあとの甲高い発信音に続いて内蔵スピーカーから聞こえてきたのは、オドオドとした静佳の声だった。

「あ……、あの、洋介くん……。わたし……、静佳、です……」

名乗ったあとでいきなり口を噤《つぐ》み、わずかに間を空ける。

「あ、あのね……、その……」

静佳は酷く言い難そうに口籠もっていた。

「あのこと、だけど……」

義母の声が流れる電話機を虚ろに見つめる洋介の身がピクリと動く。

「その……、今朝……っていうか、夕べのこと……、なかったことにしましょう、ね？」

居留守を使っているのを知ってでもいるのか、留守番電話に吹き込まれる静佳の声は、直接息子へ語りかける口調になっている。

「ね？　そうしましょう？　お願い……。お願いね。じゃあ」

そこで電話は切れた。メッセージを録音し終えた電話機が留守電ランプを点滅させる。明滅するオレンジ色の光を眺める洋介の口もとがかすかに歪んだ。

「く……、くくく……」

闇に響く掠れた笑い。けれど洋介には、その声が自分のものかどうか自信がなかった。

第3章　イヴの三つの顔

いつの間にか、心の中にナニモノかが棲《す》み着いた。洋介はそんな思いに囚《とら》われ始めていた。得体のしれないナニモノかは、心の奥の深淵に潜み、闇《やみ》に紛れた顔のない姿で悪魔の囁《ささや》きを発する。しかも洋介は、囁く相手の言うがまま、自らの意志とは裏腹に卑劣な行為を引き起こしていた。むろん罪悪感はある。だが顔のない悪魔の囁きに抗《あらが》おうとしても、自分の肉体はナニモノかに操られたかの如《ごと》く思うに任せない。あまつさえ行為の最中は意識が朦朧《もうろう》とし、気がついた時には事態は取り返しのつかぬ状況になっているのだ。

自分の中に、自分の知らない誰かがいる……。精神を凌辱《りょうじょく》されるようなその感覚は、洋介を恐怖させた。けれど彼は、なぜだか妙な浮遊感をも覚えていた。重力の呪縛《じゅばく》から解き放たれた自由。そんな快感にも似た感覚が、心のどこかにあるよう気がしてならない。

美月を犯した翌日、躊躇《ちゅうちょ》しながらも学校へ足を向けたのは洋介の意志だった。凄惨《せいさん》な凌辱を加えたあと、彼は美月を実験室に置き去りにしていた。その後の状況が知りたい。そして、謝罪したい。許されることがないとしても……。

怯《おび》えた重い足取りで、洋介は教室へと歩いていた。すでにホームルームが始まっている頃合《ころあ》いだ。廊下には誰もいない。にもかかわらず彼は、突き刺さるような視線を感じていた。胃がキリキリ痛んだ。ちょうどその時……。

「あ……」

突然教室の扉が開き、白衣をまとった化学教師が姿を現す。洋介の顔を見るなり、露骨に頬《ほお》を引きつらせる美月。それはそうだろう。昨日の今日だ。それでも彼女は、静かに扉を閉め、かすかに震える朱唇を開く。

「お……、おはよう」

戸惑う洋介はどう応《こた》えていいかわからず、視線を逸《そ》らしながらもぎこちない会釈を返した。黙りこくるふたりの間に重苦しい空気が漂う。沈黙を破ったのは美月の方だった。

「あの……」

「な……、なんですか、長沢先生」

ギクリと怯える教え子に、美月は慈しみの眼差《まなざ》しを向ける。

「ねえ、洋介くん。あなた……、お父様の件もあるし、それにひとり暮らしも大変でしょう？　きっと、疲れてるのよ」

「え……？」

洋介には美月の言わんとすることが理解できなかった。対する美月はコクリと頷《うなず》いて続ける。あたかも自分自身に言い聞かせるように。

「そうよ……。あなた、疲れているの。だから……、その……、妙な……、そう、妙な行動を取ってしまうことが、あるんだわ」

「妙……な？」

取りも直さず昨日の凶行を差している。それはわかった。けれど、美月の言葉の真意がわからない。彼女は洋介を責めようとはしなかった。あれほど酷《ひど》い目に遭ってもまだ、教え子を気遣い、心配しているのだ。美月はなおも言う。

「ええ、きっとそうよ。ねえ、病院に行きましょう。そして相談してみましょう。心療内科がいいかしら……？　そうしたら、あなたの心も楽になるはずだわ」

「俺……、病気なんですか？」

「心の病気よ。心が風邪をひいたようなもの。ね？　ともかく、専門医に相談するのがいいわ。わたしと一緒なら病院に行ってもいいでしょう？」

心の病を見た目で判断するのは難しい。専門家でさえ熟慮が必要である。そもそも誰の目にも明らかなほど異常行動が顕在化しているのなら、相当な重症といえるだろう。もしも洋介が本当に心の病を患っているのだとすれば、精神医学について素人である美月の言葉は単なる気休めでしかない。また一方で洋介が心の病気でないのなら、彼女の言はあまりにも迂闊《うかつ》だった。もっとも、素人であるのは洋介も同じである。残酷な仕打ちを受けてなお相手をいたわる慈悲深い女性に「心の病気よ」と言われ、ふと思い当たった。

もしかしたら……、俺、二重人格なのかな？　短絡的な結論ではある。多重人格、すなわち解離性同一性障害は、精神分裂病との見極めが非常に難しいのだ。まして、自ら簡単に自覚できるものでもない。それでも洋介には、自らのパーソナリティとは別の人格が体内に存在しているという実感があった。だからこそ、自らの問いに思わず動揺する。

「ね？　そうしましょう。放課後、わたしが送ってあげるわ。ね？」

美月が畳みかけるように言う。20代半ばにして経験した悲惨なロストヴァージン。しかも相手は気を許していた教え子である。美月は、レイプされた事実よりも、自身の生徒指導のあり方についてショックを受けていた。いや、それはあくまで建前である。相手が誰であろうと、また男女の区別なく、レイプという犯罪は被害者の心に大きな傷を残す。教師であることを支えにし、美月はその傷を癒《いや》そうとしているにすぎない。そう。洋介の更正こそが心を癒す特効薬になると考えたのである。だからだろう、本来なら親も交えてことを進めなくてはいけない事柄を、独断で処理しようとしていた。むろん、洋介の複雑な家庭事情を考慮した部分は否めない。けれど、我が身に起こった出来事を第三者に説明するのにはかなりの勇気がいった。何事もなかったかのように学校へと出勤できたものの、今の美月はそこまで踏み込むことは叶《かな》わない。でも、せめて……。

「しばらく考えさせて下さい……」

洋介が呟《つぶや》くと、美月はいくらかホッとしたようだった。

「じゃあ、なるべく早く結論を出してね」

そう言い残し、美月がその場から去る。彼女の後ろ姿を見送りながら、洋介は自然と湧《わ》き上がる嗤《わら》いを堪《こら》えることができなかった。

大抵《たいてい》はヒマな喫茶店〝もみの木〟も、その日の夕方は珍しく賑《にぎ》わっていた。6月もまだ半ばだというのに、空梅雨のせいで茹《う》だるような暑さだ。夕飯にはいくぶんか早いこの時間、暑さを逃れようとやってきた客達が入れ替わりで席に着いていた。

もともとが住居を改造した狭い店舗だけに、普段と比べて人口密度が数倍に膨れ上がった店内はエアコンの効きも今ひとつだ。西の街並みに陽《ひ》が沈んで外気が下がり始めた途端に、客は目に見えて減っていき、宵《よい》の口にはいつもの閑散とした状態に戻った。

オーナーの川森珪子が大きく息をつき、アルバイト店員として後片づけに勤《いそ》しむ洋介へ笑顔を向ける。

「ふう。ようやく一段落したわね」

「今日はずいぶんお客が入ってましたね」

身に着けたエプロンで手を拭《ぬぐ》い、洋介が言った。店の忙しさが、彼を悩まし苛《さいな》む諸々の事象を一時的にでも忘れさせている。屈託のない笑みを見せる洋介に、珪子は苦笑した。

「そうね。珍しいくらいよね。あはは」

基本的に、〝もみの木〟は混雑するような店ではない。常連が支える小さな店だ。珪子の両親が事故で急逝してからというもの、店が混むのは数えるほどしかない。

「商売としては混むのは嬉《うれ》しいんだけど……、あんなにいちどきに来られたら、こっちはパニックだわ」

第３章　イヴの三つの顔

「でも、この店は居心地がいいから。珪子さんのご両親がやってた頃からいい雰囲気でしたけど、今もその空気はなくなってないし。珪子さん、がんばってるから」

「あはは、ありがと」

はにかんだ表情を浮かべる珪子が、ふと遠い目をした。

「常連さんがみんな〝もみの木〟を好いてくれて、潰《つぶ》さないでって言ってくれたしね。だからわたしもここを継ぐことを選んだけど、でも……、ホントは大学卒業したかったな」

アイスコーヒー用のグラスを磨きながら、珪子の視線が宙を漂う。

「意外とこれでもわたし、勉強好きなんだから」

「別に意外ってことはないでしょう。実際、大学に行ってたわけだし」

「いーのいーの、無理しないで」

おどける珪子の瞳《ひとみ》に、かすかな寂しさが宿った。

「でも、俺はすごく感謝してるんですよ。ずっと常連だったたっていうだけで、俺をバイトに雇ってくれて、しかもバイト料もはずんでくれて」

「だって……、洋介くんも生活とかあるでしょう。お父様のこともあるわけだし」

「それだったら、両親をいっぺんに亡くした珪子さんの方が大変ですよ。ここの経営だって、そんなに楽なわけではないでしょう？　でも俺には、すごく待遇よくしてくれて。感謝してるんですよ、本当に」

本当に……？　頭の奥で声が聞こえた気がした。直後、頭の芯《しん》がズキリと痛む。同時に胸の奥で軋《きし》むものがあった。暗く、黒い、いびつに歪《ゆが》んだ塊。〝感謝〟という温かい感情を拒絶するそれは、凍てついてよどんだ闇の意識。ふと脳裏に浮かぶ記憶が陽炎《かげろう》のように揺れる。背筋を冷たい汗が流れた。脳裏に浮かんだのは静佳と美月を辱めた記憶だった。

《バカなことを考えているんじゃない》

今度はハッキリと声がした。耳の奥、頭の中に直接響く、あの声だ。

《だからこそ、ズタズタにする価値があるんだろう？》

顔のない悪魔の囁きとともに洋介の胸を浸食していく闇の黒。胃の中に溢《あふ》れ、肺をいっぱいに満たし、それでもまだ滾々《こんこん》と湧きでる重い闇が喉《のど》もとまで込み上げてくる。

「珪子さんが……、いなければ……、俺、やっていけないから……」

「洋介くん……」

いささか潤んだ瞳が洋介を見つめる。交錯する視線に気恥ずかしさを感じたかの如く、洋介はすぐに目を逸らした。けれど、彼の口もとにはわずかな歪みがあった。珪子はそれに気づかない。じっくり観察しなければわからないほど微妙なものだった。

「ねえ、珪子さん……」

「なあに？」

カウンターから身を乗りだす珪子に、洋介は声を潜めて囁く。

「今夜、お店を閉めたあとで、珪子さんが通ってた大学にこっそり入ってみませんか？」

「えっ？」

内緒話然とした口調に、珪子もつられて小声になった。

「そうねえ……」

しばらく考えるように視線を宙に向け、珪子は悪戯《いたずら》っぽい笑みを作る。

「おもしろそうね」

「でしょう？　じゃ、決まりですね」

「ええ。楽しみだわ」


ドクトル・オッペンハイム記念大学。かつて珪子が通ったその学舎は、〝もみの木〟から数キロ離れたビジネス街の一画にあった。閉店後に待ち合わせて大学へと向かった洋介達は、適当な頃合いを見計らって夜更けのキャンパスへと忍び込んだ。

「わあ……。なんか、久しぶり！」

言いながら、珪子は芝生に座ったかと思うとベンチに腰かけ、植えられた木々に触っては意味もなく笑う。無邪気にはしゃいで駆けまわる珪子に、洋介は「静かに！」と低い声で注意した。夜の闇に包まれたキャンパスは広大だが、警備の目はある。現にふたりは塀を乗り越えて無断侵入したわけで、警備員に見つかったら大目玉である。珪子はクスクスと笑った。その無邪気な顔は喫茶店のオーナーにはとても見えない。普段から明るく振舞ってはいるが所詮は客商売、日頃から作らなければならない笑顔の仮面がある。普通の大学生であったなら、そんな悩みなどなかったはずなのだ。

「ありがとね、洋介くん。わたし、大学に忍び込んでみようなんて考えもつかなかったから……。でも、来てみてよかった」

ひとしきりはしゃいだあとで珪子が言った。確かに、夜の大学へ忍び込もうなどと常識のある人間なら考えもつかないだろう。日中であればキャンパスも開放されている。珪子には店を営業する都合があるにしても、警備の目を気にする必要はなくなる。もっとも、夜の学校に忍び込むという行為は、実行するかどうかは別として、誰しも一度は心に思うものかもしれない。人目を盗み、規則を破るという背徳感。広大な無人のキャンパスをひとり占めする優越感と開放感。それらは何かと煩わしい日常の中にあって小さな冒険心をくすぐる。実際珪子は、今このシチュエーションに酔っていた。

「あの……、珪子さん。俺……」

不意に洋介が口を開く。キャンパスに点在する照明を背に受け、その表情はハッキリ見て取れないが、どこか思い詰めたようでもあった。わずかに口もとが歪んでいる。訝《いぶか》り歩み寄る珪子の肩を、出し抜けに伸びた腕が乱暴に掴《つか》んで引き寄せた。

「あっ!?　ちょ、ちょっと……」

言いかける口を乾いた唇が塞《ふさ》ぐ。突然のことに驚いた珪子は、洋介の体を押しのけようとしてジタバタもがいた。

「んぅ……ンっ⁉　んっ、だ、ダメだってば……。洋介くん！　ん、あァ……」

お構いなしにきつく抱き締め、洋介がしっとりとした朱唇を執拗《しつよう》に貪《むさぼ》る。すると、ようやく珪子はおとなしくなった。飲食店を営む彼女は香水などはつけてはいない。けれど、若い女性特有のどこか甘い香りが洋介の鼻腔《びこう》をくすぐる。

「んっ、ふ……、う……、ん……」

強引に唇を奪われ身を強《こわ》ばらせていた珪子だが、熱い抱擁と接吻《せっぷん》を繰り返されるうちにいつしかうっとりした表情を見せ始めていた。うっすら瞼《まぶた》を開けた洋介の視線がブラウスに包まれた珪子の胸に注がれる。薄手のブラウスにレースをあしらったレモンイエローのブラジャーが透けていた。肩を抱き締めていた手が胸の膨らみに伸びる。

「んっ、うぅっ⁉　やっ、やめ……」

唇を塞がれたまま、胸を触られたショックを露わにする珪子。唇を外して叫ぼうとするのを、洋介は必死に押さえ込む。ブラウスの生地の滑らかさとブラのレースのザラザラした感触を指先で愉しみ、掌《てのひら》全体で豊かな乳房の柔らかみを実感する。

「い、いやぁ！　ちょ……、ちょっと、待って……。お願い、やめて……」

服の上から身体《からだ》をまさぐる手を払《はら》い除《の》けようと身を捻《ひね》る珪子。しかし腕力に優《まさ》る洋介はいとも簡単にブラウスのボタンを外しにかかった。瞬間、珪子が渾身《こんしん》の力で突き飛ばす。

「やっ、それだけは……。やめて、お願い！」

必死の叫びが響いた。

「どうして？」

「お願い。どうしても……、それは、イヤ！」

キスは受け入れたものの、珪子は激しくかぶりを振って抗する。怯えたように後ずさる彼女へ洋介がゆっくりにじり寄った。

「じゃあ……、俺のこと、どう思ってるんですか？」

珪子がじっと洋介の顔を見つめる。目の前にいる相手は、本当に彼なのだろうか？　そんな考えが脳裏をかすめた。少なくとも、珪子の記憶の中にある洋介とはあまりにイメージが異なっている。まるで別人のようだ。けれど、男の子はある時期を境に大きく印象を変えるものだと珪子も承知していた。それが今なのか？　だがしかし、唐突すぎやしないか？　得体のしれない不安が頭をもたげる。動揺を隠せない珪子ではあったが、とりあえず問われたことには答えようと思い、掠《かす》れた声を洩《も》らした。

「よ……、洋介くんは……、大切な人よ」

短い間を取り、珪子がポツリポツリと続ける。

「でも……、でもね、洋介くん……。そ、その……、わたし、直接の……そ、そういう行為は……。お願い……、やめて欲しいの。わたしの……身体に触るのも、ちょっと……」

つまりは、〝大切な人〟である洋介が相手でも、セックスはもとよりペッティングさえ嫌だということだ。そもそも〝大切な人〟という言葉自体、かなりの幅を持った曖昧《あいまい》な表現である。ご近所のお姉さんであり、アルバイトの雇い主として、ある種保護者的な感覚で口にしたのかもしれない。だが、洋介が返した言葉は、そんな珪子の認識などお構いなしの言葉尻を捕らえただけのものだった。

「その……、じゃあ、俺のを……、慰めてくれませんか？」

「慰める……って……？　えっと、どうしたらいいのかな？」

珪子が戸惑って小首を傾げる。洋介が何を望んでいるか理解できずに、ただ彼が口に出した〝慰める〟という語句に反応していた。お互い不幸にして両親を亡くしていた身の上が言葉面だけに目を向けさせ、あまつさえ彼女が洋介に抱いていた感情である保護射的感覚が〝慰める〟という言葉を純粋に受け止めさせていた。そう。未《いま》だヴァージンの珪子はもともと性に関する知識に疎《うと》い。身体に触れられることにあれほどの拒絶を示したのも、そうした原因によるものだった。

「俺の言うとおりにしてくれますか？」

低く圧《お》し殺した声で洋介が言う。わけもわからず頷く珪子を満足げに眺め、彼はベンチに腰を降ろすよう促した。そして、半ば勃起《ぼっき》した分身をおもむろにズボンから引きだす。

一瞬ギョッとした珪子は、そのまま息を呑《の》んだ。けれど、見開かれた目はかすかに脈を刻む肉棒に釘《くぎ》づけとなっている。初めて目の当たりにした男性のシンボルを、彼女は固唾《かたず》を呑んで見つめた。あたかも魅入られたかの如く。

「珪子さん……、俺の、触って」

「え……、えっと……」

困惑の色を浮かべた瞳が洋介とその分身を見比べた。相変わらず逆光気味の位置にある洋介の顔は表情を明確にうかがうことは叶わなかったが、鎌首をもたげたヘビを思わせる肉棒にはいささかの不安を感じる。

「珪子さん、嫌？」

「そういうわけじゃ……。ただちょっと……。わたし、よくわからないから……」

オドオドした口調ながら拒絶の色は微塵《みじん》もない。むしろ恥じらいと好奇の感情が滲《にじ》んでいるようだ。かすかに頬を染める珪子は目の前の男根に不思議と嫌悪感を抱かなかった。今のこの瞬間が、何かの儀式にも思える。敢《あ》えて喩《たと》えるなら、洋介が少年から脱皮するための儀式といったところか。図らずも儀式の立会人になった自分が妙に嬉しく感じる。それは同時に、珪子自身が性に目覚めるための儀式ということなのかもしれない。

「じゃあ、俺のを握って、手を動かして」

「うん……。こう？」

そっと差しだす指が上向く竿《さお》を握る。洋介の熱と鼓動が掌に伝わった。それと同質のものが自分の体内奥深くにも確かにある。禁断の扉にかけた手がゆっくりと上下し始めた。

「そう。続けて」

頷いた珪子は緩やかにしごき続ける。掌の中、イチモツがみるみる硬度を増す。

「ん……。気持ちいいよ、珪子さん」

「そう？」

「うん。先端も触って」

細い指を絡ませたは剛直の先端は、赤く充血して熟れた果実のようだ。ヒクつくワレメからは透明な果汁が滲んでいる。指先で亀頭に触れると、先走りの液が絡み、細く糸を引いた。まとわりつくヌルリとした感触が手の動きをスムーズにする。

「手に力を入れたり抜いたりしてみて」

洋介の指図に何度も頷いて、珪子は言われたとおりに実践した。剛直を握る指がギュッと締めつけたかと思うと、優しく撫《な》でる。ピクピク脈動する肉棒をまさぐる指の動きは酷くぎこちないが、洋介の悦《よろこ》びようは手にとるようによくわかった。

「もっと速く動かして」

言われるままに手の動きを速める珪子。激しいシェイクに、膨れ上がった怒張がビクビク痙攣《けいれん》する。限界が近いのだ。ほどなく、肉棒は掌の中で爆《は》ぜた。

「きゃっ⁉」

驚く珪子の頬をかすめ、白濁液が宙に飛ぶ。握る指に支えられ、力の失せたペニスが残り汁を吐きだす。まるでコンデンスミルクみたいだ。ふとそんなことを考えながら、珪子は滴る白濁の粘液を眺めていた。

「大丈夫だった？　ごめんね」

「びっくりしたわ」

洋介が「ごめん」と繰り返し、珪子は小さく首を振る。それから頬を朱色に染め、ネイヴィブルーのストレッチジーンズのポケットからハンカチを取りだした。

「さあ、もうだいぶ遅いわ」

そろそろ警備の巡回があるかもしれない。帰宅を促す珪子に、イチモツをしまい終えた洋介が顔を向ける。

「ねえ、珪子さん。これから、遊びに行かない？」

「これから？　だって、もう夜遅いわよ？」

「遅いから遊びに行くんでしょ。夜遊びってやつだよ」

目を丸くし、珪子はしばらく洋介の顔を見つめる。照明の加減は逆光ではないのに、なぜか彼の顔はぼやけて見えた。気のせいだろうか？　妙におぼつかない表情の中で、洋介の口もとは笑って見えた。珪子は小さく息をつき、苦笑混じりに微笑《ほほえ》む。

「意外と困った子だったのね、洋介くん」

「そんなことないでしょ？　好きな人と一緒にいたいだけだよ」

珪子はまんざらでもなさそうにまた笑った。それからふたりは、キャンパスを抜けだして大通りへと足を向ける。すでに終電の時間は過ぎていた。平日ということもあり、道行く人は少ない。街灯に照らされた幹線道路を流れる車のライトを横目に、ふたりはのんびりと深夜の歩道を歩いた。

「なんだかドキドキしちゃう」

疎《まば》らに咲いたネオンの花を瞳に映し、珪子が呟く。

「大学生の時とか、夜遊びしなかったの？」

「まじめだったの、わたしは」

言いながら小さく肩を竦《すく》める。

「大学生はヒマっていうけど、わたし、お店手伝ってたしね。だから、夜遊びに行く時間の余裕なんてなかったな」

「そっか」

「でも、嬉しい。だからワクワクしてるの、実は」

軽快にステップを踏み、珪子はクルリとターンを決めた。夜のキャンパスに忍び込み、淫《みだ》らな行為をして、深夜の街を徘徊《はいかい》する。昨日までは微塵も考えられなかったことだ。後悔の念はない。今まで〝まじめ〟というレッテルを貼《は》られて生きてきた珪子にとっては、やっと人並みになれた思いだった。自らの殻を破った解放感が身も心も軽くする。すべては洋介のお陰である。その洋介も、今までの彼とは明らかに違って見えた。価値観の異なる世界へ足を踏み入れた喜び。それを共有する相手がいることが嬉しい。

「ねえ、珪子さん。お腹すいてない？　お茶でもいいんだけど」

洋介が顎《あご》をしゃくる。その先には24時間営業のファミリーレストランがあった。

「え？　ああ、ファミレス？　うん、お茶なら飲みたいかな。あんまり遅くには食べないようにしてるんだけど、わたしは」

「実はお腹すいちゃったんだよね」

そう言ってペロリと舌を出す洋介を、珪子はさもおかしそうに笑う。

「そうね、洋介くんは育ち盛りか、まだ。じゃ、入ろ」

スキップの要領でファミレスの入り口へ向かう珪子。彼女の後ろに続く洋介は、濡れた舌先で唇をペロリと舐《な》めた。その表情には獲物を狙《ねら》う空腹の野獣の如き凶暴さが滲んでいたのだが、背を向ける珪子は知る由もなかった。

「いらっしゃいませ、２名様ですか？」

店に入るなり、ウエイトレスが愛想よく会釈する。洋介がさっと店内を見渡した。カップルや若者のグループが数組いるが、テーブルは５割も埋まっていなかった。

「うん。あのさ、静かな場所がいいんだけど、一番奥とか空いてる？」

「あ、はい。ご案内します」

メニューを手にしたウエイトレスは、壁際の一番奥まった席へとふたりを案内した。周囲のテーブルに客はいない。ソファに腰を降ろした洋介は、メニューも見ずにＢＬＴサンドのコールドドリンクセットを注文する。珪子はアイスティを頼んだ。待つことしばし、くつろぐふたりのもとへ先ほどのウェイトレスがオーダーをまとめて運んできた。

「ごゆっくりどうぞ」

一礼してウェイトレスが去ると、洋介がおもむろに口を開く。

「珪子さん。あのさ、頼み、聞いてくれない？」

「なあに？」

アイスティをひと口飲み、珪子は正面に座る洋介を微笑んで見つめた。そんな彼女の耳もとに顔を近づけた洋介がヒソヒソ声で囁く。

「ねえ、口でしてよ」

途端に珪子の形相が変わった。

「えっ⁉　ちょっと、洋介くん！　冗談でしょ？」

「冗談じゃなくて、マジだってば。珪子さんと一緒に歩いてるうちに、俺、堪《たま》らなくなってきちゃって……」

いったん言葉が途切れ、声はさらに潜まる。

「珪子さん触らせてくれないから、俺……」

唖然《あぜん》としながらも珪子は視線を泳がせる。洋介の表情は死角で見えない。視界の中は客も店員もいなかった。ゴクリと唾《つば》を呑み込む。

「大丈夫……かな？　こんなところで……」

言っておきながら、珪子は自分が口にした言葉が信じられなかった。周囲に人がいないとはいえ、洋介の頼みはどう考えても常軌を逸している。にもかかわらず、なぜ自分は拒絶しようとしないのだろう？　洋介の顔を見ようと小さく首を捻るが、彼は回り込むように身を伸ばして耳打ちする。

「大丈夫だよ。テーブルの下に潜れば気づかれないって。服は着たままだし、ヤバそうになったら出てくればいいし。何か落として拾ってたと思われるだけだよ」

ゆっくりとした口調の囁きは、まるで暗示をかける催眠術師のそれに似ていた。

「ねえ、珪子さん。お願い」

「……わかった」

ついに珪子は、半ば諦《あきら》めたようにコクンと頷く。そしてそのまま、身を屈《かが》めて床の上に跪《ひざまず》いた。テーブルの下では、すでに洋介がズボンのファスナーを降ろし、勃起したイチモツを引きだしている。洋介の足もとに横座りした珪子は、不安げな声を洩らした。

「誰もいない？」

「平気だよ。大丈夫、俺、珪子さんに一生懸命されたら、またすぐにイッちゃうと思う」

珪子の視線は、いきり勃《た》つ怒張に釘づけとなっている。キャンパスでの淫行《いんこう》の情景が頭をよぎった。熟れた果実を思わせる充血した先端が、先刻と同様に透明な果汁を滲ませている。その禁断の果実を口にすれば、コンデンスミルクのような甘い液が溢れるのだろうか？　大きく息を吸い込んだ珪子は、意を決して大きく朱唇を開いた。

「あむぅ……」

舌の上にジンワリ広がる未知の味。しょっぱいような、苦いような……、少なくとも甘くはない。甘さを得るには、あのコンデンスミルクを搾りだすしかないのだろうか？　珪子は手の代わりに唇と舌を使い、キャンパスでした要領で肉棒を擦《こす》り始めた。

「うむっ、む……んぐ……、んぅぐぅ……、ふっ、あふぅ……チュパ……」

剛直の裏側を舌先で刺激しつつ、肉棒を食《は》む唇がゆっくりしごき上げる。亀頭の先端が口腔《こうこう》の粘膜に擦れる。時折、前歯が竿に当たる。初めての経験なだけに酷くぎこちない。

「ん、ぐ……むぐっ、チュプ……、あふっ、あん……」

窄《すぼ》める唇が熱く火照る肉棒をしゃぶるたびに捲《めく》れる。

「んふっ、んっ、ふぁぐ……んっ、チュプ、チュバ……」

柔らかな舌先が敏感なカリの部分をなぞり、小刻みに刺激を与える。

「ん、んぐっ、んぁ……、ぐ……むぐぅぅんん……」

　甘い果汁を求めて懸命に果実をしゃぶる珪子の目の隅で何かが揺れた。何気なく視線を向けると見知らぬ男性の足だった。珪子は緊張し、怒張を咥《くわ》えたまま必死で息を殺す。気配からするとウェイターらしい。コーヒーのおかわりでも尋ねに来たのだろう。テーブルにコーヒーカップがないと見て、ウェイターはすぐに去った。

「はあっ、ん……」

　大きく息をつき、珪子は再び行為に集中する。

「ん、んくっ、ぐ……ふ、うぅ……」

　舌遣いがいくぶんか乱雑になった。もしまたウェイターが来たらと思うと、気が気ではない。とにもかくにも、一刻も早く洋介をイかせなければ。珪子の唇の動きが速くなる。

「ジュプッ、チュパ、チュプ……んっ、あぐ……、チュ……クチュ、チュプ、ジュバ……んっ、んぐぅ……うふぅむんんん……」

股間《こかん》に顔を埋め、長い睫毛《まつげ》を震わせて、フェラチオに専念する珪子。

「んっ、あふ……んぅっ、むぐ……、ピチュッ、チュパ……、ん、むぐっ、あぐぅ……」

いっぱいに含んだ口の中、脈打つ怒張がムクムクと蠢《うごめ》く。

「あふっ、ん……む、あむ……チュ、ピチュ……、んぅぐ、うあぁむぅ、チュバ……」

舌が鳴り、柔らかな喉に亀頭の先端が吸い込まれる。限界まで膨らんだ肉棒がビクンと痙攣した。その瞬間……。

「ぐ……、ふぐうっ！」

珪子の喉奥に熱く粘る果汁が吐きだされる。

「ひ、く、う、うぐ……」

口腔内に溢れ返る粘液は、予想していた味とは酷く違っていた。お世辞にも甘いなどと言えるシロモノではない。珪子は苦しそうにもがき、それでもなんとか白濁の汚液を最後まで受け止めた。

「う、んぐ、う……む、ぐふ……」

突然、珪子の全身が痙攣し、喉が激しく上下する。

「あぐぅ……、ぐっ、くあ……、げほっ！」

それまで必死で咳《せき》を堪えていた珪子だったが、すべて出しきった半萎《はんな》えのペニスが抜き去られると、途端に激しくむせた。

「ぐほ、ごほっ、けほ……」

両手で口を押さえ、急いでテーブルの下から這《は》いだした珪子はソファに座り直した。

「けほ、ごほっ、ん……、はぁ……はぁ……」

おしぼりを口にあて、ゼエゼエ息をつく。すると、近くの席のシュガーポットを確認していたウェイトレスが心配げに近寄ってきた。

「お客様、大丈夫ですか？　お水、新しいのとお取り替えしましょうか？」

「うん、お願い」

洋介がケロリとした口調で言う。一方の珪子は、自分は大丈夫だと軽く手を振って見せた。ウェイトレスは「かしこまりました」と頭を下げて厨房《ちゅうぼう》の方へ戻っていく。直後、珪子は立ち上がり、そのまま小走りにフロアを横切って化粧室へと駆け込むのだった。

「クク……」

見送る洋介が嗤う。ＢＬＴサンドを頬張り、アイスコーヒーで胃の中へ流し込んだ。

自らを「まじめ」と評し、少女のように無垢《むく》な一面を持った珪子も、所詮はこんな場所でのフェラチオに応じるオンナだったのか……。けれど、人類最初の女性であるイヴでさえも三つの顔を持っていた。純真な少女としての顔。貞淑《ていしゅく》な妻としての顔。そして、禁断の果実を味わいたいという欲望に身を委《ゆだ》ねた罪深きオンナの顔である。それぞれの顔は独自の個性を持ってはいるが、同じイヴであることに変わりはない。だからといって誰がイヴを責めることができるだろう。エデンの園を追放される原因となった禁断の果実。それを食べたことだって責めることはできはしない。なぜならば、最初の男性たるアダムもまた、禁断の果実を食べてしまったのだから……。

第4章　ファントムメナス

膝《ひざ》を抱えてベッドに座る洋介は、ぼんやりとTV画面を眺めていた。フラットタイプのブラウン管が、以前見たことのあるメガネをかけた女性を映しだす。

誰だったろうか……？　洋介は考えてみる。曖昧《あいまい》な記憶の中で、ここ数日の出来事が走馬燈のように甦《よみがえ》る。義理の母との交わり。恩師への凌辱《りょうじょく》。そして、昨夜の淫事《いんじ》。何も変わらぬはずのない日常が、音を立てて崩れようとしている。

でも、なぜ……？　いったい自分は何をしようとしているんだろう？　答えは見つからない。それもそのはず、彼が引き起こした淫事は自らの意志ではないのだ。顔のない悪魔の囁《ささや》きによって心はドス黒い闇《やみ》に侵食され、肉体は意志とは裏腹に勝手な行動を取っている。彼にはそうとしか思えなかった。

病気なのか……、俺？　その可能性を指摘したのは美月である。けれど、狂牛病がプリオンのせいと言われるように、病気には原因となるものが存在する。それは、なんだ？　思い当たるものなどひとつもない。不幸な生い立ちではあったけれど、自分では決して不幸とは思わなかった。むしろツイているとさえ思っていたのだ。

「多重人格、すなわち解離性同一性障害の主たる原因は、ドメスティックバイオレンスなどがもたらす心の傷だといいます。早い話が、辛《つら》い現実から逃避するために、自分の心の中に別の人格を創《つく》りだすわけですね」

TVのスピーカーからそんな声が聞こえる。画面の中には、メガネの女性と向き合うように座る丸顔のメガネ男が喋《しゃべ》っている姿があった。度々TVに出演する名物大学教授だ。

「そのきっかけとなるのはほとんどの場合において幼少時の体験で、そのくらいの歳では如何《いかん》せんまだ心が未成熟なために自らを守る術《すべ》を持たないほど精神も脆弱《ぜいじゃく》ですから現実逃避以外の対処法を見出せないんですよ。まあ、そういう家庭環境はそもそもが不幸な状態ですから、祟《たた》りだなんだと思い違いをしてしまうわけなんですね」

　俺のことを言ってるのか……？　むろん洋介には精神医学の知識などなかったから、自分が本当に病気なのかどうか判断できるはずもなかった。もっとも、自身が解離性同一性障害であると自覚できる人間などいはしないのだが……。

「河崎さんはいかがです？　霊による憑依《ひょうい》とは多重人格の現れなんですか？」

　司会者の質問にメガネの女性は、先の教授を一瞥《いちべつ》してからゆっくりと薄い唇を開いた。

「リインカーネイションや退行催眠による前世の顕現、あるいは降霊実験などにおいて、そうした病状が誤解されて吹聴《ふいちょう》される場合があることは否定できません。実際、多重人格の症状を目の当たりにして、霊に憑依されたと勘違いする場合もあるでしょう。ですが、憑依、つまりポゼッションは、多重人格とは根本的に異なります。また、いわゆる霊障については、霊に憑依された人だけでなく周囲の人々にも霊的な干渉……、これが障《さわ》りですが……、それをもたらしますので明らかに違いますね」

「風邪みたいにうつるんですか？」

そう言ったのはアシスタントの若い女性アナウンサーである。

「適当な喩《たと》えではありませんが、概念的にはそう見えるかもしれません」

酷《ひど》く醒《さ》めた声だった。フレームレスメガネの奥にあるクールな眼差《まなざ》しは、相手を見下しているようにも受け取れる。

「今日の特別ゲスト、オカルトライターの河崎亜衣さんでした」

司会者が締め括《くく》ると画面はコマーシャルに切り替わった。3DポリゴンキャラによるアクションホラーゲームのCFで、「あなたの中に、わたしの知らないあなたがいる……」というキャッチコピーが流れる。画面を見つめる洋介がピクリと反応した。

「学校、行かなくちゃ……」

乾いた唇が掠《かす》れた呟《つぶや》きを洩《も》らす。洋介はよろめきながら立ち上がった。


二日続けて遅刻したことで、洋介は帰りのホームルームが終わるなり担任代行の美月に呼ばれた。他の生徒の手前、彼女は洋介を進路指導室へと誘う。普段なら化学準備室を使うところだが、さすがに抵抗があるのだろう。

指導室は、長テーブルひとつと数脚の折り畳みイスがあるだけの殺風景な部屋だった。室内に入ったふたりは、テーブルを挟んで向かい合わせに置かれていたイスに座る。美月はまず遅刻の理由を尋ねた。けれど洋介は答えない。しばらく質問を繰り返したあとで、美月は思いきって話題を変えてみる。

「ねえ、洋介くん。病院へ行くこと、考えてくれた？」

「長沢先生……」

それまで無言のままテーブルへ視線を落としていた洋介がようやく言葉を発した。

「俺のこと、どうして学校に報告しないです？　なんで訴えないんです？」

周知のとおりレイプは犯罪である。教育者の端くれであり、かつ当の被害者でもある美月が見せる行動は、けれど洋介を庇《かば》うものだった。彼は、その理由を問うている。

今度は美月が口を閉ざす番だった。それでも、沈黙はそう長くなかった。

「あなたは心の病気なのよ。そうでなければ、あんな……こと、あり得ないもの……」

セリフの最後は呟きに等しい物言いだ。そこには、洋介に対する弁護のみならず、我が身に起きた悲惨な現実を認めたくないという気持ちが如実に表れていた。そう。ことを公にすれば、間違いなく今までどおりの生活は望めない。場合によっては、被害者である美月に過失があったとさえ言われかねない。理不尽な話ではあるが、レイプ事件の被害者に泣き寝入りする者が多いのは概してそうした現実にさらされることによるのだ。ただ美月が、自分を辱めた相手である洋介を、それでもなお心配する気持ちは本物だった。単に教師と生徒というだけでない感情を抱いていたのは確かなのである。だからこそ彼の心を救済したいと願ったのだけれど、それが裏目に出ようとは美月は考えもしなかった。

垂れた前髪が目もとを隠し、洋介の表情は読みきれない。彼は言う。

「先生は心が風邪をひいたようなもんだって言ったよね？　だったら、それってうつるのかなぁ？　風邪みたくうつるものなのかなぁ？」

「そんなことはないと思うけど……」

瞬間、天井や窓がパシンッと乾いた叩音《こうおん》をあげた。ハッとする美月は周囲に視線を走らせる。しかし音の正体となるものは何ひとつ見当たらない。気を取り直して洋介へ目を戻すと、唯一表情をうかがわせる口もとがニヤリと歪《ゆが》んでいた。

「そうかい？　けど、俺が病気なら先生がうつしたんじゃないのか？　なにしろ、ただの炭酸水を浴びただけであんなに乱れるんだもんな」

「よ……、洋介……くん？」

美月の顔に動揺の色がありありと浮かぶ。

「だいたい、生徒を勝手に病気と決めつけて病院送りにしようなんて、どうかしてるぜ。俺にだって一応保護者がいるんだ。家族に事情を説明するべきじゃないのか？」

「そっ、それは……」

「できないよなぁ？　わたしはお宅の息子さんに犯されました。だから、お宅の息子さんは精神病なんです……なんて、言えるわけないよなぁ？　ねえ、長沢先生？」

実験室での恐怖が美月の心に甦った。目の前にいるのは、〝あの〟洋介だ。あまりの豹《ひょう》変《へん》ぶりに言葉を失う。低い声で嗤《わら》う彼は、ゆっくりと腰を上げた。

「病院行きたきゃ、自分ひとりで行けばいい。ついでに膜の再生手術でもしてきたら？」

言い捨てる洋介が嘲笑《ちょうしょう》を残し部屋から出ていく。一方の美月は、愕然としたまま身動きひとつできなかった。


放課後の教室で、クラス委員の佐々木貴美はひとり机に向かっていた。何か難しい顔をして、紙を分類したり、書き込んだりしている。室内には他に誰もおらず、彼女は作業に没頭していた。その時、不意に人の気配を感じる。貴美には相手が誰かわかっていた。

「佐々木さん、何してるの？」

「見てわからない？　文化祭の準備よ」

顔も向けずに応じる貴美。つっけんどんな態度もいつものことだ。もっともそれは、相手を疎《うと》んじてのことではない。逆に、それだけ心を許している証拠だった。小学校以来の幼なじみとして。そんな彼女の傍らに立ち、質問の主である洋介はなおも言う。

「でも、まだ結構文化祭まで間があるけど？」

貴美は「まあね」と呟き、三つ編みを撥《は》ね上げるように首を振った。

「だけど10月になればすぐでしょ？　だから、できることはさっさとやっておきたいの」

実楠学園の文化祭は例年10月の第一週に行われる。今はまだ6月下旬にさしかかろうという頃合《ころあ》いだが、7月の期末試験とその後の夏休みを考えれば、時間に余裕があるとも言いきれまい。まして2学期は学校のイベントが集中するのに加え、貴美達は3年生。進学や就職と、何かにつけて慌ただしくなる時期でもある。

黙々と作業を続ける貴美を見るともなしに見ていた洋介は、それとなく話しかけた。

「佐々木さんって、いつもクラス委員だよね。やっぱり、しっかりしてるからかな」

「……っていうか、厄介事引き受け係だと思われてるのよ。委員の仕事って、言ってみれば雑用だし」

肩を竦《すく》める貴美だが、その顔はどこか自慢げにも見える。それなり、自分が務める役割にプライドを持っているのだ。世話好きというよりはいささかお節介な性格の貴美にとって、委員という肩書きは自らを正当化するための意味をも持っていた。

「でも、人望がなくちゃ選ばれないし、何度も選ばれてるんだから実績も認められてるってことじゃないか」

「そうかしら？」

わずかに眉《まゆ》を上げ、貴美はシャープペンシルを持つ手を止めた。ゆっくりと洋介に向けた顔は軽く上気している。普段は強がってこそいるが、他人に認められたことがよほど嬉《うれ》しかったのだろう。

「きっと佐々木さんは委員に向いてるんだよね。いろいろ気がつくし、気を遣ってくれる

第4章　ファントムメナス

し……。ほら、俺が親父を亡くした時にも、ノートとかプリントとか、さ」

そのセリフに、貴美は殊さら頬《ほお》を染めた。彼女がはにかんだ表情を見せるのは珍しい。

「や……、やめてよ、そんな前の話をするのは……」

「いいじゃないか。俺は今でも心の底から感謝してるんだし」

そこまで言われるとさすがに居心地が悪いのか、貴美は普段の勢いを取り戻した。

「何言ってるのよ！　今日、おかしいよ、水野くん。昔の話したり、やたら褒めたり。本当に変だよっ」

口ではそう言いながら、うろたえ気味に瞳《ひとみ》を逸《そ》らす。テレているのは確実だ。しかし視線を外したせいで、洋介の表情に微妙な変化が起こっていたことを見逃してしまう。

不意の頭痛と吐き気が洋介を襲った。それは、顔のない悪魔の囁きが起こる前触れだ。

事実、耳の奥で闇の魔物が脅迫を始める。

《愛情と憎悪は表裏一体。正反対なものほど、一番遠いようで一番近い。感謝だ？　そんなもの仇《あだ》で返せ。〝恩〟は〝怨《おん》〟だ。愛おしい？　だったら犯せ。自分のモノにしろ。この手でズタズタに貶《おとし》める快感。お前はもう、それを知っている。背徳の愉悦の味を、な》

実体のない幽鬼の脅迫は闇への誘惑だった。それは酷く心地よく、洋介を底なしの泥沼へと引きずり込む。虚空より滲《にじ》みだす闇色の欲望が、意識と肉体を完全に浸食していく。いつしか洋介は、悪魔の囁きを自らの意志として受け入れていた。そして……。

「そう、変なんだ。長沢先生にも心の病気だって言われた。佐々木さんもそう思う？」

「え？　なに？　どういうこと？　ね、ねぇ、水野、くん……？」

問いかける貴美が洋介の顔を覗《のぞ》き込もうとしたタイミングを狙《ねら》い、少々強引に腕を掴《つか》んで引き寄せる。そのまま洋介は、クラスメイトの唇を奪った。

「ん……、んんっ⁉」

驚いて身を硬くする貴美は、けれど逃げようとはしなかった。舌先で朱唇をつつくと、若干の躊躇《ちゅうちょ》があったものの意外とあっさり唇を開く。口腔内《こうこうない》へ侵入した舌が貴美の舌と絡み合い、ゆっくり引き抜かれる。離した唇の間に互いの唾液《だえき》が細い糸を引いた。

「我慢、できないんだ……」

洋介が掠れた声で呟く。そして、セーラー服の胸もとに手を伸ばした。ハッと目を見開き、期待と困惑の混ざった眼差しを送る貴美。かすかに潤んだ瞳が揺れている。

「あ……」

声が震えた。クラス委員という肩書きがお堅い印象を与える貴美だが、その実人一倍性に対する好奇心は旺盛《おうせい》だった。両親が共働きで家を留守にしがちなのをいいことに、通信販売で手に入れたアダルトグッズを使っての自慰さえ経験している。ただし、実際のセックスは未経験だった。さっきのキスにしても初体験のことなのだ。

「その……、も、もしかして……、こ、ここで……？」

「ウチのクラスの沢渡《さわたり》がさ、初めての時、こうやって教室で……って」

「そ……、そうなの？」

クラスメイトの沢渡登《のぼる》が同じクラスの志村早苗《しむらさなえ》とつき合っているのは知っていた。貴美と早苗は仲のよい友達なのだ。けれど、ふたりが放課後の教室で初体験を済ませたとは聞いていなかった。軽いショックと小さな嫉妬《しっと》が胸をくすぐる。

「そう……なんだ……」

貴美は少しだけ笑った。他人を引き合いに出されて妙に納得する。それが真実かどうか確認もせずに。いいや、嘘《うそ》でも構わなかった。所詮は大義名分が欲しかっただけなのだ。初体験は、それも洋介とのそれは、貴美自身以前から望んでいたことでもあった。

「うん……、わかった」

コクンと頷《うなず》いて瞼《まぶた》を閉じる。それを合図に、洋介はセーラー服の上衣を脱がせた。次いで、プリーツスカートに手をかける。ホックを外しファスナーをいっぱいまで降ろすとスカートが床にストンと落ちた。華奢《きゃしゃ》な肢体に、少々子供っぽい印象の下着。おとなしく洋介の為《な》すがままになる少女は小刻みに震えていた。ホックのないタンクトップタイプのブラジャーを取る。露わになった胸の膨らみは小振りで可憐《かれん》だ。洋介はショーツへ手をかけた。貴美の緊張が手に取るようにわかる。それでも、洋介に協力するような動きをして、ついに貴美は濃紺のハイソックスだけの姿となった。洋介の瞳が胸から下腹部にかけて往復する。舐《な》めるような視線に紅潮する肌を、貴美はさりげなく両手で隠した。

「綺麗《きれい》じゃないか。なんで隠すんだよ」

「嘘ばっかり。わたし、綺麗なんかじゃないわ」

うつむく貴美の口調には、恥ずかしさばかりでなく、嬉しさも滲んでいる。だがしかし貴美は知らない。洋介の頭には〝破壊〟という二文字しかないことを。貴美の席に腰を降ろし、西陽を背に受ける洋介が手招きした。

「おいでよ」

「え……？　う……、うん」

オズオズと歩み寄る貴美が、洋介の膝の上に小さなヒップを乗せる。

「来たね」

逆光にぼやける洋介の顔。こぼれる白い歯がニッコリ笑っていることをうかがわせた。

「水野、くん……」

戸惑う貴美の腰を抱き、音を立てて乳首にキスをする。「あっ！」と小さく叫びがあがる。もう片方の胸に触れる手が、柔らかな肉房の頂をまさぐった。

「んっ、あ……！」

「敏感だね」

舌先で乳首を転がしながら洋介は言う。貴美が首を左右に揺らした。色づく乳輪の中心で、小さなしこりがムクムクと励起する。身体《からだ》が敏感に反応するのは日頃の自慰のためであり、相手が洋介だからなのだが、貴美には口に出せるはずもない。

「あ……、そ、そんな……。恥ずかしいよ……」

「そんなことないって。感じ易いって、すごくいいじゃないか」

「んっ、ん……、んぁ、う……」

洋介はゆっくりと手を動かした。貴美の小さな乳房は掌《てのひら》にもスッポリ収まる。けれどその感触は、柔らかく瑞々《みずみず》しい張りがあって悪くない。

「んくっ！　あぁぁ……、く、うぅっ！」

腰から背中に手を回すと、貴美が軽くのけ反った。本当に敏感な身体だ。なおも上半身の隅々にまで手を這《は》わすと、不意に貴美がかぶりを振った。

「あっ、あ……、わ、わたし……、どうしよう、恥ずかしい……」

「どうして？」

「わ……、わたしばっかり、声出して……」

「そんなことないよ。可愛《かわい》いよ」

歯の浮くようなセリフを囁きながら、発育途上の身体をあちこちまさぐる。指の腹で触れるでもなく触れていくと、貴美が鳥肌立てて身を震わせた。

「あっ、あ……、水野、くん……、ひっ、ンンっ!!」

「ここは……？」

無邪気を装って尋ねる洋介は、なだらかな曲線を描く腹部へと指を降ろす。肌を滑る指の目的地を察した貴美が、さっと両腿《りょうもも》を閉じた。その隙間《すきま》へ強引に指先を押し込む。

「ん……、あぁぁっ！」

案の定、そこはもう潤っていた。やや粘りのある愛液に指先が濡れる。

「やっ！　水野くん、やめ……」

「ドキドキ言ってるね」

そう言って、洋介が貴美の言葉を遮った。実際、胸に押しつける頬には、激しく脈打つ彼女の鼓動が伝わっている。

「え……？　あ……、う、うん……。んっ、あ……、で、でも……」

抗《あらが》う口とは裏腹に、貴美の秘所は先刻来ずっと濡れそぼっており、わななく媚肉《びにく》の隙間からはまさぐる指先にトロリと絡む愛液が止めどなく溢《あふ》れている。自分自身それはわかっている。敢《あ》えて窓の方へと顔を背け、洋介の顔を見ようとしない。

「俺だって心臓がドキドキしてるから、一緒だよ」

洋介の口もとがニィと笑った。ああ、しているとも。どうやってこの女を犯そうか。幽鬼の脅迫に屈し、悪魔の囁きを受け入れて身も心も闇に委《ゆだ》ねた洋介。頭の中で鼓動が早鐘の如《ごと》く鳴り響く。欲望に駆られ、ズボンの下の肉棒が力を漲《みなぎ》らせる。仄暗《ほのぐら》い愉しみに口もとを歪ませ、洋介はさらに指を動かした。

「んっ、あ……ひ、うぅぅ……！」

ビクンと貴美の身体が震える。濡れる柔肉をつつき回し、秘裂に埋もれた鋭敏な肉芽を掘り起こす。包皮に包まれた肉真珠を剥《む》き、軽く爪《つめ》を立てる。

「ひっ!? うっ、うぁっ、あぁぁぁーっ！」

思わず叫んだ貴美は、慌てて唇を噛《か》み締めた。ここが放課後の教室であることを思いだしたのだ。声を聞きつけて誰かが来るとも限らない。早く済ましてしまわなければ……。

そんな思いに、理性という名の抵抗勢力は鳴りを潜める。一方の洋介は、込み上げる笑いを堪《こら》え、血気に逸《はや》る股間《こかん》をなだめていた。昨夜は珪子の口で抜いたが、今日は下の口でイきたかった。静佳や美月との行為を思い返し、その快感の記憶に股間がムクムク蠢《うごめ》く。

「佐々木さん、いい？」

「あ……、う……、うん」

ヒップの下の固い感触を意識し、貴美はぎこちない仕草で膝の上から降りた。

「本当はベッドの方がいいんだろうけど、この机にうつ伏せに乗ってくれる？」

洋介の出す指示にすんなり従う貴美。普段の高圧的な態度は跡形もない。雛鳥《ひなどり》のように震える身体を机の上に伏せ、初めて経験する行為へと思いを馳《は》せる。ふと、紛《まが》い物《もの》に処女を捧げてしまった自分を呪《のろ》った。男の子って、そういうことにこだわるものね……。

「み、水野、くん……。あ、あのぅ……」

小さく声をあげた貴美が、首をねじって洋介を見上げる。今さらという気もするが、彼の気持ちを知っておきたかった。感謝しているというのは、すなわち好きだということなのか。知りたい。でも、訊《き》けない。期待と不安が入り混じった顔に、洋介は笑いかけた。

「ん？」

「あ……、な、なんでも、ない……」

どちらでも構わない。貴美は目を伏せた。彼女自身、洋介に気持ちを打ち明けてはいない。恥ずかしくて、怖くて、とても言えそうにない。なのに相手にだけ言わせるのはアンフェアだろう。少なくとも、貴美にとっては望みは叶《かな》うのだ。それに、他のクラスメイトに遅れを取りたくないという短絡的な焦りもあった。

「じゃ、いい？　いくよ」

緊張に強《こわ》ばる細くて華奢な背中。乱暴に扱うと折れてしまいそうな肢体が、欲望をさらに激しく駆り立てる。興奮に猛《たけ》り狂うイチモツをズボンから握りだし、窄《すぼ》まる尻肉の谷間へと熱く火照る先端を導いた。それだけで貴美が息を呑《の》む。「楽にして」との囁きに貴美が息を吐きだす。その瞬間を狙い、洋介は滾《たぎ》る肉棒を濡れ光る花びらに押し込んだ。

「ひっ！」

グッと腰を入れると、剛直が狭い肉洞の中へとズブズブ埋め込まれていく。

「うぁっ、ぐっ、うぐぅ……！」

苦悶《くもん》に喘《あえ》ぐ貴美。身を預けた机を抱えるように、スチールの脚を握り締める。

「ごめんね」

口だけは申し訳なさそうに言って、洋介はなおもグイグイ腰を進めた。いきり立つ怒張で体内を貫かれる貴美。もはやアダルトグッズに対する恨みは失せている。むしろ、もっとしっかり慣らしておくべきだったと後悔した。

「ひっ、アッ！　んっ、あくぅ、アァ……んぅ、アッ、あーっ！」

傾いた陽《ひ》の光に染まる静まり返った教室に、貴美の引きつれた呻《うめ》きが響く。肉棒を最奥まで押し込まれ、唇を噛み締めて全身を硬直させた。浅く小刻みな呼吸が痛々しい。

「ふ、うぅ、うぁ……」

「痛い？」

優しい声が尋ねる。態度はあくまでも優しく、しかし内面では確実に嗜虐心《しぎゃくしん》が勝っている。それがまた、闇にまみれた意識を高ぶらせた。本心を偽る仮面の快楽。相手の情けを踏みにじり、恩を仇で返す悦《よろこ》び。無意識に卑屈になっていた自分を解き放ち、絶対の支配者の如く振る舞う優越感。これこそが自由！　これこそが至福！

「んっ、んぅ……、んっ、だ、だいじょう、ぶ……、うあっ！」

洋介の本心を知る由もない貴美は、涙で頬を濡らしながらも、身を裂く衝撃にも健気《けなげ》な

ほど耐えていた。吹きだしそうな嘲笑を堪え、洋介は優しい声を作って囁く。

「ごめんね、動くよ」

「あ……、ん……、う、うん……」

ゆっくりと、だが微塵《みじん》の躊躇もなくピストン運動が開始される。

「あっ、ひっ！　ひぃっ、んっ、あ、ウゥ……」

抽送を繰り返すたびに貴美の背が痙攣《けいれん》する。同時に、窮屈に肉棒を締めつける肉襞がヒクヒクと息づくようにざわめいた。股間をとおして伝わる快感で洋介も身震いした。

「ああぁんっ、アッ、あ……う、あふぅ……、くぅ、んっ、あふ……ヒッ！」

ピストンのピッチが上がり、貴美の声も大きくなっていく。快感よりも苦悶に喘ぐ切迫した呼吸。これだけきつければ苦しくもあるだろうが、挿れる方は堪《たま》らない。机の上で身《み》悶《もだ》える獲物を見降ろし、洋介は密《ひそ》やかに嗤った。怒張を咥《くわ》える秘唇が、そして情け容赦なく貫かれる肉壺《にくつぼ》の粘膜全体が、ヌチャヌチャぬかるんで激しくわなないている。

「んっ、あう、うぐっ！　ふ、あぁ、アッ、あん……！」

ひたすら受け止めるしかない貴美の片足を抱え、洋介は腰の振りをさらに速めた。

「あっ、あんっ、アァァァァ……、くっ、あぅうっ、ヒィッ！」

膣襞《ちつへき》の責め立てに、そろそろ我慢も限界に近づく。

「佐々木さん、射精《だ》すよ」

「あ……、お、お願い、膣外《そと》に……ひっ、アァァア……！」

貴美が脂汗の浮いた顔を俺に向けた。その悲痛な表情がなんとも言えずそそる。浅く短い呼吸を繰り返し、ただただ抽送に耐える貴美。そんな彼女の懇願を聞いてやるつもりなど、洋介にはさらさらない。けれど、目の前の華奢な肢体を白濁液で汚すのもまた一興。

「わかったよ、佐々木さん」

「ん……、んっ、はぅっ！　ふ……、あっ、あうぅぅぅ……」

かすかに安堵《あんど》の色を滲ませ、貴美は頷いて見せた。もっとも、膣外射精をするからとこれで終わらせるほど甘くはない。洋介は何度か膣口の辺りで剛直を擦《こす》り立ててから、一気に最奥までねじ込んだ。

「ひぃっ、あっ、アァァァァァァァァーッ!!」

貴美の絶叫が誰もいない教室に響き渡る。そのままピストンの勢いを限界まで強めていく洋介。その動きに呼応して欲望の高ぶりが臨界へと駆け昇る。

「ひっ、うぅ……ンッ、あ、アァァ……んっ、う、くぅウゥッ！　んっ、あアァ……！」

腰の中心から背筋へ射精欲求が這い上がる。直後洋介は、脈打つ肉棒をギリギリのところで引き抜いた。

「あっ、う……！」

間髪を入れずに自らの手でしごくこと数回、わななく貴美の背へ灼熱《しゃくねつ》の奔流が迸《ほとばし》った。

「そらっ！　喰《く》らえっ！」

ビチャビチャと薄紅色に染まる肌に白濁の飛沫《ひまつ》が撥ねる。背骨の窪《くぼ》みに、肩胛骨《けんこうこつ》に、そして三つ編みの髪にも、異臭を放つ粘液が飛び散り滴っていく。

「ひ……あぁぁ……！　ううぅ、うぁ、ふぅぅ……」

背中から尻までベッ トリ精液にまみれ、貴美は涙をボロボロこぼしていた。やがて洋介がすべてを吐きだし終えた時、激しく散らされた秘裂をヒクつかせ、背中を震わせる彼女は、小さく息をついた。そこには、いくばくかの満足感も読み取れない。そう。貴美は見てしまったのだ。洋介の顔に浮かぶ残酷な笑みを。そして気がついた。望みは叶っても想《おも》いは叶わなかったのだ……、と。

対照的に、満足げな虚脱感を満喫する洋介は、けれど早くも新たな渇望を抱き始めていた。闇の意識と融合してもなお、幽鬼の脅迫は治まらない。恩を仇で返す。怨念《おんねん》の如く繰り返し唱え、洋介の精神を凌辱する強烈な意志。闇の深淵に潜む顔のない悪魔に強要されることはただひとつ、〝凌辱する〟だった。

そうして洋介は、顔のない悪魔が囁くままに真の標的を絞り込んでいく……。

第5章　復讐するは我にあり

沈痛な面持ちの貴美を教室に残し、洋介はいったんアパートへ戻ってから水野家へと赴いていた。チャイムを鳴らして玄関へ足を踏み入れると、キッチンから静佳が出てくる。

「あ……。いらっしゃい、洋介くん……」

洋介の突然の訪問に静佳は狼狽《ろうばい》した。義理とはいえ、息子が自宅に帰ってきただけで何もうろたえることはない。以前ならそうだった。だがしかし……。

留守番電話に吹き込んだメッセージを、洋介は聞いてくれたろうか？　犯した過ちをなかったことにしようとは都合のいい話だが、親子の関係を続けるのならば封印せざるを得ない。チラチラと洋介を盗み見る静佳は、思いの外彼が落ち着いていることに安堵《あんど》した。

「今、夕ご飯の準備をしていたところよ」

いくぶん落ち着きを取り戻した静佳は、そう言ってキッチンへと戻る。義姉の涼子は、まだ帰宅していないようだ。テニス部の部長でもある彼女は、この時間、まだ部活動に勤《いそ》しんでいるのだろう。靴を脱いだ洋介も義母のあとについてキッチンへ向かう。

シンクに載せられたまな板の上に野菜が置かれているが、隣接するダイニングのテーブル上にはまだ何も並べられてはいない。まだ支度に取りかかったばかりといった感じだ。料理の下ごしらえを再開しようとする静佳の背後に忍び寄り、洋介は義母の肩へ手をかけた。「あっ⁉」と短く叫んで身を竦《すく》める静佳を、キッチン台へうつ伏せに押し倒す。

「よ、洋介くん、なに⁉」

「何って、ナニするんだよ。決まってるだろう」

平然と言い放ち、洋介は屹立《きつりつ》した分身をズボンから抜きだした。

「ひっ！　や、やめて……！　洋介くん……、ダメよ！」

「シて欲しいんだろ？　隠さなくてもいい」

隆々と力を漲《みなぎ》らせる肉棒の先端で、ワンピースの生地越しに尻の間を軽く突く。静佳はたちまち背をのけ反らした。

「あっ、い、いやぁ……！」

口では拒んでいるが、どこか形式的にも思える。二度も夫を亡くし、男日照りの日々が続いた。夜泣きする身体《からだ》をひとり慰めるうち、つい義理の息子を妄想の道具としてしまったのが間違いだった。あろうことかその現場を覗《のぞ》かれた挙げ句、自らの意志ではなかったにせよ肉体関係を持ち、あまつさえその行為に悦《よろこ》びを感じてしまった。そして、今また静佳は己の欲望に身を焦がしている。

「あ、うぅ……んっ、あぁぁん……」

吐息とも呻《うめ》きともつかぬ声を洩《も》らす義母を見降ろし、洋介はワンピースのスカート部分を捲《めく》り上げた。乱暴にショーツを引き降ろし、白い尻を露わにする。

「あっ！　よ、洋介、く……あぁん、あーっ！」

静佳が引きつった声をあげた。洋介の右手が無造作に秘部をまさぐったのだ。

「ほら、濡れてる」

「や……んっ、あっ、あっ、あぁぁ……」

「これが欲しいんだろう、ほら」

嗤《わら》いながら言って、淫蜜《いんみつ》に濡れそぼる熟れた媚肉《びにく》の隙間《すきま》にズブリと怒張を突き刺す。

「あっ、ヒッ、あぁぁぁぁーっ！」

「あっけなく挿入《はい》るなあ」

奥まで押し込んだところで、じっと動きを止めた。脈打つ義理の息子を包み込み、静佳の肉襞がざわめき始める。

「あうぅっ、あ……んっ、あふぅっ！」

「すごいな。俺が何もしてないのに、勝手にヒクヒク言ってるぞ」

「ひ、ひぃっ、う、あぁぁん……！　う、あ、やぁっ！　か、感じ……あぁぁぁっ！」

「静佳のマ○コは淫乱だ」

「や、いやぁん！　あふぅ、や、いやぁぁっ！　そんな、こと……言わないで……」

恥ずかしそうにかぶりを振るものの、無数の肉襞はそれぞれ別の生き物の如《ごと》く蠢《うごめ》いて、咥《くわ》え込んだ剛直を強烈に締めつけた。

「んっ、あ……う、あんっ！　あぁぁん、んっ、んんっ、はぁん……！」

吐息混じりの荒い息遣いがキッチンに響く。貴美を犯してから1時間と経《た》っていないせいか、洋介は自ら動こうとはしなかった。

「ずっとこうしてるのも悪くないな」

「あ、え……？　い、いや、し、死んじゃうわ……」

静佳の声には、明らかに不満の色が滲《にじ》んでいる。そう。抗《あらが》いではなく不満が、である。

「じゃあ、勝手にしろよ。自分で動けばいいじゃないか」

「で、でも……」

小さく喘《あえ》いで唇を噛《か》む。何かを堪《こら》えているような様子だ。その間にも、膣内《ちつない》はヒクヒクと息づき続けている。洋介は義母を貫いたまま両腕を組み、悠然と哀《あわ》れな獲物を見降ろしていた。やがて、ついに肉の欲求に負けたのか、静佳はゆっくりと腰を振り始める。

「あぁぁ……んっ、んぁ、うあぁんっ！　あんっ、あふっ、はあぁぁぁぁぁんっ！」

静佳があられもない声をあげたちょうどその時、玄関の方からドアが開く音が聞こえ、ふたりの耳に「ただいま」という声が届いた。涼子だ。

「ひっ⁉」

全身を緊張させ、息を呑《の》む静佳。上がってきた涼子がキッチンを覗き込んだ。

「洋介、来てたのね」

組んでいた両手を静佳の腰にあてがい、洋介は義姉へ笑いかける。

「うん。お邪魔してます」

「何してるの？　ふたりで……」

「義母さんがね、腰が凝ったっていうから、マッサージをね」

角度的に、涼子からは静佳の下半身は死角となって見えない。洋介はわざとらしく義母の腰や背中をさすった。途端に静佳の膣奥がざわめいて、両脚がガクガク震えだす。

「あっ、ん……、う、あぁ……んっ、はぁ……んっ、え、ええ……」

恥辱に頬《ほお》を染め、静佳は相槌《あいづち》を打った。禁忌を破り、罪を承知で快楽を貪《むさぼ》ろうとする浅ましい姿を、娘に知られるわけにはいかない。そんな義母を洋介は心の中で嘲笑《あざわら》った。

「すごく凝ってるんだよね、義母さん？」

指圧マッサージのふりをして腰を抱え、グイと腰を入れる。

「ひっ、あ……」

キッチン台に伏せる身体がビクンと痙攣《けいれん》した。構わず洋介は、何度となく腰を打ちつける。その衝撃に、灼熱《しゃくねつ》の凶器を咥え込む秘肉がうねった。

「あ、え、う……、うん、そ、そ……うあぁぁぁぁぁぁぁ……！」

大きく息を吐きだしながら静佳の身が硬直する。グチュグチュになった膣内が、ひと際激しくわななく。どうやらこの状況に反応し、絶頂に達してしまったようだ。

そんなことなど露知らず、涼子は「そう……」とだけ言って、２階に上がっていった。

娘の姿が見えなくなるなり、途端にまた静佳が喘ぎ始める。

「んっ、あ……、あぁぁ……」

「娘の前でイッた気分はどうだ？」

「うっく、あぁぁぁっ！　い、言わない、で……、あぁぁんん！」

卑猥な笑みを浮かべた洋介の問いに、静佳は快感に震えながらも半泣きの顔を歪《ゆが》めた。

それから30分ほどして、静佳はなんとか夕食を作り終える。２階の涼子を呼び、３人で食卓を囲んだ。身体が満足したからか、静佳は特に怯《おび》える様子も見せず、落ち着きを取り戻している。涼子はというと、相変わらずの無口なポーカーフェイスのままでいた。

滞りなく夕食が終わり、片づけも済むと、静佳が子供達に言う。

「わたし、お風呂《ふろ》に入りたいんだけど、いいかしら？」

「どうぞ」

「いいですよ」

珍しく一番風呂は静佳のものになった。食事の支度をする間中、彼女は洋介と結合したままでいた。大量の汗をかき、淫蜜を滴らせたあとだけに、それが気持ち悪かったのだろう。子供達の了解を得、静佳はそそくさとバスルームに足を運んだ。

リビングに残った洋介と涼子は、思いおもいにソファへ腰を降ろす。涼子がリモコンでTVのスイッチを入れると、ちょうど人気のトレンディドラマが始まったところだった。リモコンを手にしたまま、彼女はソファの上で膝《ひざ》を抱える。どうやらそのドラマを観るつもりらしい。

「義姉さん、こういうのが好きなの？」

「別に好きなわけじゃないけど。一回目から観ているから、なんとなく」

以前から彼女にはそういうところがある。何事もただなんとなくということが多い。

しばらくして画面がコマーシャルに切り替わると、涼子がふと口を開く。

「洋介」

「なに？」

「洋介は、お母さんとつき合ってるの？」

ボソリとした抑揚のない声。けれどその問いは洋介を驚かせた。

気づかれたのかな……？　少し悪戯《いたずら》が過ぎただろうか。涼子の目の前で、目の前でなくても同じ家の中で、彼は二度も静佳とまぐわっているからだ。

「なんで？」

「なんとなくよ」

視線をＴＶから外して、涼子はやや伏し目がちに続ける。

「最近のお母さん、着る服とか雰囲気が、なんとなく若くなった感じがしたの。誰か好きな人でもできたのかなって。一番お母さんが会っているのは、洋介でしょう？　だから」

なんだ……。直接バレたわけじゃないんだな。洋介は心の中で安堵した。どうやら単なる推測のようだ。もっとも、たとえバレていたとしても、バレたなりの対応をすればいいだけのことだ。いっそバラしてしまうかとも思うが、どうせならもっと劇的な局面の方が愉快だろうと思い直す。そこで彼は、この場は話題を変えることにした。それも、とっておきの話題に。いかにも真面目《まじめ》腐った表情を作り、洋介は義姉の瞳《ひとみ》を覗き込む。

「それよりさ……。あの時の、ことだけど」

「あ……」

涼子の表情が急に硬くなった。なんの話か理解したようだ。

「気まずかったんだ、俺……。あれが直接の理由なんだよ、家を出た」

洋介は素人演技を続けたままだが、言っていることは事実だった。だからこそ意味がある。現に、涼子の反応は彼の予想を上回っている。

「なんとなく、そうだと思ってたわ」

暗く沈んだ声で涼子が言った。彼女にとってもさぞやショッキングな事件だったのだろう。それは昨年、父親の死から3カ月が経ち、遺《のこ》された家族がようやく落ち着きを取り戻した頃《ころ》の出来事だった。

事件は、まだ残暑厳しい9月の半ばに起きた。その日は土曜で、洋介は学校から帰るなり部屋に閉じ籠《こ》もり、自慰に耽《ふけ》っていた。そして、もう発射寸前のところを、いきなりドアを開けた涼子に目撃されたのだ。そもそもドアには鍵《かぎ》がない。ましてやまだ陽《ひ》が高い時刻だかったから家族が入ってくる可能性はもちろんあった。けれど涼子も静佳も必ずノックをしてくれていたので洋介はまったくの無警戒でいたのだが、それが仇《あだ》となってしまった。その時に限って、涼子は何か急いでいたのか、ノックをしなかったのだ。義弟の名を呼びかけた声が凍りついたように止まったのを、洋介は今でもハッキリ憶《おぼ》えている。下半身裸で、周囲の床には何冊ものエロ本が散乱し、事後処理のための箱ティッシュまで抱えている。ごまかしようもなかった。涼子はすぐに踵《きびす》を返し、無言のままドアを閉めて走り去った。手の中で急速に萎《な》えたイチモツが意に反して溢《あふ》れでた白濁液をダラダラと滴らせたのは、その直後だった。それはまさに、互いにとって最悪の記憶でしかない。

「ごめんなさい……」

ノックをしなかったこともあり、涼子は自分の非を認めて詫《わ》びる。

ならば好都合だ。恩を仇で返すどころか、怨《うら》みを晴らすことになる。復讐《ふくしゅう》するは我にあり、だ。ここで良心の呵責《かしゃく》に訴えればどうなるか。洋介は胸の内でニヤリと笑った。

「義姉さん、お願いがあるんだけど」

「なに？」

「義姉さん……、俺の、見ただろ？」

涼子は答えない。無表情に口を閉ざしている。もっとも、無言でいるのが何よりの肯定だった。洋介はなおも言う。

「その代わりって言うのはなんだけど……、義姉さんのアソコも、見せてくれない？」

「え……？」

涼子はさすがに顔を強《こわ》ばらせた。

「だめ、かな……？　やっぱり」

低くか細い殊勝げな声。こうやって下手に出た方が涼子の心に訴えられるはずだ。そう考えての演技である。しばらく無言で考えていた涼子だったが、やがて……。

「いいわ……」

それだけ言って、涼子はTVを消し、おもむろに立ち上がった。ふいと背を向けて歩きだす彼女は、ついて来るようにと無言で促している。ふたりは連れ立って階段を昇った。

行き着いた先は涼子の部屋だ。室内に洋介を招き入れ、そっとドアを閉める。大きな息をひとつつき、無造作にジーンズを脱ぎ捨てた涼子はベッドの端へ腰かけた。緊張しているのか、露出した肌にはうっすら汗が滲んでいる。その顔は覚悟を決めたかのように蒼白《そうはく》で、唇は真一文字に結ばれていた。

意を決し、ゆっくりとショーツを降ろす。細い足首に小さな薄布が絡まった。

「もう少し脚を開いてよ。よく、見えない」

涼子はまた息をつき、観念した表情で言われたとおりにした。

「……これで、いいの？」

目を伏せた頬に赤味が差す。そんな彼女の足もとに跪《ひざまず》き、洋介はじっと義姉の秘所を注視した。初めて見る涼子のデルタ。なめらかな印象のそこはヘアも少ない。すっきりとした長い脚のつけ根にある秘密の花園に、涼子らしいといえば涼子らしい綺麗《きれい》に整った花びらが垣間《かいま》見える。

このままキャミソールを剥《は》いで、一気に押し倒してしまいたいところだ。が、それはまだ先のお楽しみ。口の中に湧《わ》く唾《つば》を喉《のど》を鳴らして呑み込み、洋介は義姉の下腹部をまじまじと見つめる。恥部を這《は》い回る刺すような視線に、涼子は無言で耐えていた。

まだきっとヴァージンであろう、母親の静佳とはまったく違う、控えめで清純な花びらがかすかにヒクリと揺れた気がした。そのピンクの媚肉がいやに艶《なま》めかしく思え、無意識にワレメへと指が伸びる。けれど涼子の手がすっと遮った。

「見るだけという約束でしょう？」

そう言って立ち上がった涼子は、さっさとショーツとジーンズを穿《は》いてしまう。彼女の動作は素早かった。服も態度も表情までも、たちまちのうちに普段の涼子へ戻っていく。羞恥《しゅうち》の余韻などあったものではなかった。

いつもながら涼子の思考は読めないな。だがしかし、今はまあいいだろう。今夜は静佳をもっと貶《おとし》めることに意識を注ぐだけだ。洋介の中の闇《やみ》が嗤った。


「んっ、んぁっ、あっ、あ……、んあぁぁんんっ！」

リビングのソファの上、洋介は静佳の熟した肉体を抱き寄せ、濡れ火照った淫裂を猛《たけ》り狂う怒張で貫いていた。

「あうっ、ひ……あぁぁぁっ、んっ、あんっ！」

セックスを待ち焦がれていたのか、風呂から上がったあとの静佳は、涼子が床に就くまで、うっとりした面持ちで洋介を待ち侘《わ》びていた。脱げと言えばすぐに全裸になる。いつ涼子が顔を出すともしれない深夜のリビングで、静佳は背徳の宴《うたげ》を全身で堪能《たんのう》していた。

「うっ、あぁぁぁぁ……、あふっ、ヒィッ、あぁぁんんっ！」

強いピストンはせずに、じっくりとグラインドを続け、緩やかに絶頂へと押し上げていく。じっとり汗ばんだ背中を撫《な》で、腰のくびれをくすぐるように触れてやる。静佳は身体を弾《はず》ませてよがる。その声は、呆《あき》れるほどに蕩《とろ》けていた。

「んくっ！　ひぃっ、ん、んうぁぁ……、あぁぁう……んっ、あぁ、すごい……」

腰に絡まる静佳の両脚の締めつけに呼応して、膣内でヒクつく粘膜がざわめき躍る。

「んっ、はう……、すごい、太い……。あぁっ、洋介、く……あ、んぅ、ううっ！」

トロンとした半開きの目と唾液《だえき》に濡れた朱唇が、歪んだ快楽の度合いを物語っていた。

「あぁん……、あふ、んくっ！　いっぱい、太いわぁ……。気持ちいい、堪《たま》らない……」

繋《つな》がった洋介の太腿《ふともも》辺りまで、溢れた大量の淫液でヌルヌルになっている。互いの身がぶつかり擦《こす》れるたびに、糸引く粘液がグチュグチュと卑猥な音色を奏でた。

「あんっ、あぁっ！　洋介くん……、すごい、あんっ！」

緩やかに続くグラインドは悦楽のワルツ。ヒクヒクと痙攣する秘肉の感触に、洋介の射精欲求もしだいに高まってくる。

「あう、あっ、あぁーっ！　気持ち、い、い……あぁぁん……！」

たわわな乳房を鷲掴《わしづか》み、何度も揉《も》みしだく。背をのけ反らせ、嬌声《きょうせい》をあげる静佳。

「あぁーんっ！　ひっ、あう……、イッ、イッちゃう……わ……あぁぁぁんっ！」

すでに散々焦《じ》れていた静佳は、洋介のグラインドに合わせて自ら腰を回し始めた。

「うぅーんっ！　あ、くぅっ！　いっ、いいぃっ!!」

室内にこだまする楽曲がワルツからロンドに変わる。蜜壺《みつつぼ》を肉棒で掻《か》き回され、静佳の意識は目眩く快感に朦朧《もうろう》としてきているようだ。

「ひっ、あぁんっ！　く、あふ……んっ、んあぁぁぁぁ……」

目の前の義理の息子、静佳が望んだ若いオトコに身をもたれさせ、半ばぐったりとした静佳は、何かに取り憑《と　つ》かれたかのように腰だけを揺らしている。

「う、うくっ！　あぁっ、ん……、んふぅぅぅぅ……」

あてもなく宙を彷徨《さまよ》う虚《うつ》ろな眼差《まなざ》し。どろんと濁った瞳に宿る狂悦の光。快楽だけに溺れ、自分を失いつつある、義理の、母親。今の静佳に理性を見出そうとする方が無理だ。そして、そうしたのは、この俺だ……。ズキンと洋介の胸の奥に痛みが疾《はし》った。

「あぁふっ、ふぁ……んっ、あぁぁっ！」

泥酔した娼婦《しょうふ》の如き静佳の顔を見るにつけ、喉の奥にかすかに苦いものが込み上げる。すると、途端に否定の声が頭の中をよぎった。

《同情するほど価値のある女じゃないだろ？　快感を得ることだけに必死な、肉の塊のようなものだぞ。これでお前の母親気取りなどと、とんだ偽善者だ。違うか？》

そうだ。構うものか。静佳を貫きながら、洋介はニヤリと嗤う。そんな洋介に気づきもしない静佳は、熟れた媚肉を盛大にヒクつかせながら、激しく喘いでいる。

「あ、あぁ……、あぁぁぁ……、あふぅ……う、あぁっ、あ、いい、イき、そう……！」

紅潮する静佳の顔が、さらに上気した。汗に濡れ光る肉体を抱え込み、腰の動きをピストンに切り替える洋介。その突き上げに、静佳は軽い絶頂に達した。

「う……、あぐっ、あ、イ、イくぅぅ……！」

背筋をのけ反らせる義母をグイと引き戻し、洋介が囁《ささや》く。

「どうだ。もっとイかせて欲しいか？」

「あぁぁっ、あ……、え……？　あ……、は、はい……」

静佳の顔に喜悦の色がありありと浮かんだ。

「イ、イかせて……。お願い……、イかせてぇ……！」

もはや静佳にはまともな思考力などないだろう。とにもかくにもエクスタシーを得ることしか頭にないはずだ。そんな顔だった。

「あぁんっ！　あ、う……ふ……、お、お願、い……」

嗚咽《おえつ》を洩らして懇願する静佳に、洋介は容赦なく告げる。

「イかせてやる代わりに……、そうだな、俺の子供を孕《はら》むまで抱くぞ。腹が膨れるほどにたっぷり膣内《なか》で射《だ》精してやる。いいな？」

「え……？　あ、は、はい……あぁぁ、あぁぁぁんっ！」

諾々として従い、何度も頷《うなず》いて見せる静佳。そこにあるのは、絶頂を得ることだけにすべてを捧げた恍惚《こうこつ》の表情。そうだ。それでいい。だが……。

ちょっと、待て……！　洋介の胸が詰まる。静佳にしてみれば、義理の息子との間に子供をもうけるなんてとんでもない提案のはずだ。なのに簡単に頷くなんて……。

《考えるな！　本能に忠実になれ。恩を仇で返し、凌辱《りょうじょく》する。それだけだ》

再び響く声は、呼び醒《さ》めかけた理性を奈落《ならく》の底へと突き落とすように、目の前の現実へ目を向けさせる。そこにあるのは性の虜《とりこ》となり果てた静佳の痴態。

「あふっ、うっ、あぁ、んっ！　あぁぁ……ひ、あう、んっ、あぁぁんっ！」

ただ目の前にいるオンナを凌辱することだけが、今の彼の真実だった。さあ、この貪欲《どんよく》な牝《めす》をどうしてやろうか。闇の意識に支配された洋介は、残忍な眼差しで獲物を眺める。

「あふ……んっ、あう、んんっ！　イ……、イか、せてぇ……！」

ククク……まあ、ここまで焦らしたし、俺の命令も聞くつもりらしいから、望みを叶《かな》えてやってもいいだろう。

「じゃあ、お望みどおりイかせてやるよ」

そう言って、思いきり腰を突き上げる。洋介にひしとしがみつき、静佳が叫ぶ。

「ひ、あぁぁぁあっ！　あ、あひっ、ヒィィーッ！　う、あ……、イ、イくぅ……、あぁあんっ、あ……、たる……奥、あぁたるわぁ、ひぁ！」

脈打つ先端が、明らかにその周りと違う、子宮口を抉《えぐ》っているのがわかる。突くごとに味わう甘美な感触に、洋介の快感も一気に高まった。

「イ、イくわ……あぁぁっ、イく、イッちゃぁあぁぁぁ……！　ひっ、くぅっ、イ、イく、イッちゃうぅぅぅーっ！　アァァアンッ、ひぃぃっ！」

静佳の両脚が洋介の腰を激しく締めつける。ビリビリと全身を痙攣させ、悦楽の頂へとまっしぐらに駆け昇っていく。

「あう、うぁぁあっ、ひぃいっ、あ、すご、すごい、あぁぁあぁぁあぁあぁあぁぁーっ!!」

家中に響き渡るような絶叫をあげた静佳が、頭のてっぺんから足の先まで硬直させた。一瞬の間のあと、肉襞が恐ろしいほどの勢いでざわめき、強烈に怒張を締めつける。洋介もそろそろ限界だった。

「ぐぅ、ぁ、ひっ、あっ、あぁっ！　う、あ、ひぃっ、い、いぃっ！　あぁぁぁあ！」

最後の瞬間、なぜか洋介は、よがり喚《わめ》く静佳の膣内から淫蜜まみれのイチモツを引き抜いた。まったくの無意識に、だ。けれど、無意識であればあるほどより凄惨《せいさん》な行為をしてしまっていたそれまでの彼とは、明らかに異なっている。それはともかく……。

完全に抜けでる刹那《せつな》、先端が淫裂の柔肉と擦れ合う。その刺激が引き金となり、静佳の腹の辺りで怒張が弾《はじ》けた。快楽の余韻に浸り、呼吸さえもままならぬ静佳の肉房一帯へ大量の白濁液が飛び散る。

「う、く、あぁ、んん……、ん、あ、あぁ……」

灼熱《しゃくねつ》の奔流をうっとりと受け止める静佳。滴り落ちる粘液や新たに飛び散る飛沫《ひまつ》に汚されたなめらかな裸体が、果てしもなく痙攣し続ける。

「う……あ、あぁ……、はぁ……はぁ、はぁ……、あぁぁ……う……」

ようやく静佳がぐったりと脱力した。その顔はいつまでも虚ろなままで、終わった今もなお、セックスのことしか考えていないようにも見えた。

第6章　ザ・グリード

翌日の夕方も、水野家には洋介の姿があった。本来なら〝もみの木〟でのバイトの日だが、彼は無断欠勤していた。それどころか学校へも行っていない。アパートで仮眠を取っただけで、昼にはまた実家へと戻っていたのだ。オーラルセックスから先へ進むのに手間がかかりそうな珪子には興味がない。むろん、美月や貴美への興味も失せている。洋介のターゲットは、水野家のふたり、特に涼子へと絞られていた。

時刻は午後6時を回っている。部活を終えた涼子が帰宅するまで、洋介は静佳と連日の淫行《いんこう》を繰り広げた。今はちょうど夕食の支度時、静佳はキッチンに籠《こ》もっている。洋介は何喰《なにく》わぬ顔で涼子とともにリビングのソファに座っていた。

さて、どうしようか……？　貪欲《どんよく》な激情を胸に隠してTVのニュース番組を眺める洋介は、目の端に映る義姉を貶《おとし》める方策に余念がない。義弟の企《たくら》みを知る由もない涼子は、相変わらずソファの上で膝《ひざ》を抱え、無言無表情でTV画面を見つめている。無防備な薄着が際立たせる美しい身体《からだ》のラインは、洋介の男心を酷《ひど》く刺激した。

なんとかして、涼子を……。闇《やみ》の意識との融合を果たした洋介は、もはや臆《おく》することもなくひたすら貪欲になっていた。しばらく考え、彼はひとつの結論に達する。やはり、自慰の最中に涼子が不注意にもドアを開けてしまったという出来事を利用するのがいいだろう。日頃《ひごろ》から接点の少ない涼子には、彼女が抱く良心の呵責《かしゃく》へ訴えるのがもっとも手っ取り早い。そう判断した彼は、何気ない口調で切りだした。

第6章　ザ・グリード

「義姉さん、夕飯まで勉強を見てくれないかな？」

「……いいわよ」

珍しいこともあるものだと言わんばかりに、二度三度と瞬きをして、涼子は頷《うなず》く。そのままふたりは連れ立って2階へ上がった。涼子はまったくの無警戒で、洋介を自分の部屋へ招き入れた。そして、扉が閉じられ、密室にふたりきりとなった途端……。

「ねえ、義姉さん。あの……、さ。この間の……続き……、しちゃ、ダメかな？」

「続き……？」

怪訝《けげん》げに繰り返す涼子だったが、すぐに義弟の言葉が意味することに気づいたようだ。

「何をするつもり？」

「何って……、その……」

ピシャリと言い返され、洋介はわざとらしくならぬよう心がけつつ、モジモジと口籠もるそぶりを見せる。涼子の反応は予想済みだ。彼は先を続ける。

「もう義姉さんは、あの時のお詫《わ》びをしたつもりでいるみたいだけど、あれだけじゃお詫びにはならないよ。俺……、相当傷ついたんだよ。この家にいられなくなるくらい」

言われた涼子は、返す言葉がないのか、義弟の顔を見ながらしばらく黙り込んでしまった。かすかに眉間《みけん》にシワを寄せている。

クク……。グチャグチャにしてやりたくなるな。洋介はふと思った。綺麗《きれい》であれば、いいや、綺麗だからこそ、汚し、貶め、壊してやりたくなる。それは、この数日の間に何度も顔のない悪魔が囁《ささや》いた言葉だ。けれど今は、自らが抱く欲求となっている。

やがて、わずかに頬《ほお》を染めて目を伏せる涼子が言う。

「わかったわ……。でも、わたしも恥ずかしいのよ」

「恥ずかしくないようにするから」

「どういう、こと？」

「いいから。ちゃんとするから……。俺を信じてよ」

実のところ、洋介の頭の中には、ひとつのプランが組み上がっていた。それを実行するための準備も、すでに整えてある。あとは涼子の出方しだいだ。

「仕方ないわね」

涼子がため息をつく。基本的に、彼女は洋介を嫌ってはいない。それどころか、姉弟というだけではない感情を抱いているようにさえ見える。だからこそ、洋介に哀願されると、あまりイヤとはいえないのだ。闇の意識と融合を果たし、洋介はようやくそのことに気がついた。そう、涼子は彼に対して甘かった。

昨夜と同じように、涼子はジーンズを脱ぎ、ベッドの端に腰かけて、ショーツを脱ぎ落とした。かすかに上気した顔で、目の前に立つ義弟からふと目を逸《そ》らす。

「恥ずかしくないように、するんでしょ？」

洋介は取りだしたハンカチで、義姉に目隠しを施した。

「これで恥ずかしくないだろ？」

性行為において視覚を奪うということは、羞恥《しゅうち》を煽《あお》るためのものである。五感の一部が失われると、それを補うために他の感覚の鋭さが増す。殊に視覚を奪うことは想像力を増幅させる効果があった。もっとも、そんな知識のない涼子は、単に洋介の視線から逃れられると安易に考えてしまったようだ。なんの抵抗もなしに目隠しを受け入れた。

涼子の視覚を奪った洋介は、無防備なデルタを凝視する。柔らかく茂る叢《くさむら》。その下にあるまだ未開の無垢《むく》なワレメ。興奮に舌舐《したな》めずりをして、義姉の下腹部に手を伸ばす。

「ん……」

恥ずかしい部分を指先で軽くなぞられ、涼子が小さく息を洩《も》らした。目隠しによる性的興奮が顕著になるまでには、もう少し時間が必要だ。そこで洋介は、目隠しを施したもうひとつの理由を実践することにする。ズボンのポケットを探り、あらかじめ用意していたチューブ状の容器を取りだす。昼間のうちに、静佳に購入させておいた塗布クリームタイプの媚薬《びやく》だ。セックスがオープンになった現代、こうしたラブドラッグはアダルトショップで簡単に入手できる。媚薬の購入は、もはや洋介の性奴隷となり果てた静佳への最初の命令だった。手に入れた媚薬は性器に直接塗り込んで吸収させるので、服用タイプよりも刺激があり、かつ効果が現れるのも早い。静佳で試した結果は絶大だった。もちろん個人差はあるだろう。しかも静佳は貪欲な性の虜《とりこ》である。ただ、試してみる価値はあった。

柔らかな薬剤を指に取り、義姉の秘部へ塗りつける。涼子がビクンと身を震わせた。

「な……、なに？」

「ワセリンだよ。触っても痛くないようにね」

冷たくねっとりした感触は、確かにワセリンに似ていなくもない。こんなところを母に見られたら……。そう思ったのも束《つか》の間《ま》、涼子は納得したのか、唇を引き結んだ。それをいいことに、涼子の形のいいピンクの陰唇へ満遍なく媚薬を塗り込んでいく。

「んっ、く……」

涼子がかすかに唇を歪《ゆが》めた。さらに大量に薬を塗りつけ、小さなクリトリスをこね、花びらの内側の辺りをまさぐる。すると、涼子が脚をかすかに動かした。太腿《ふともも》がわずかに痙《けい》攣《れん》している。早くも媚薬が効いたのか、感じ始めてきたようだ。

「ん……、うぁ……んっ、あぁ……」

ダメ押し気味に何度も薬を塗り、花びらを開かせる。ジワリと滲《にじ》みでた濃い愛液が、雫《しずく》となって内腿を伝う。滴る粘液がシーツに染みを作る。涼子は必死に声を抑えていた。感じる自分が信じられないといった様子だ。大きく息をつく頬から耳にかけ、どうにも隠せない赤みが浮かんでいる。洋介の指先がプックラ腫《は》れた媚肉の中心に進んだ。

「く……んぅ、く……あ……、ふぅ……、はぁ……」

第6章　ザ・グリード

オトコ知らずのヴァギナはさすがにきつく、指先さえもなかなか受け入れない。それでも、大量に塗った媚薬の効果で多少は緩み始めているようだ。膝が震え、どうにも堪《こら》えきれないといった具合に喘《あえ》ぎを洩らす。

「ひぁ……、うく……、うぁふ……んっ、んぁ……、ふ、うぅぅ……ひっ、ひくぁ……」

「どうしたの、義姉さん？」

笑いを噛《か》み殺し、不思議そうに聞く洋介。涼子の顔がいっそう赤らむ。

「べ、別に……あっ、はぅぅ……、んっ、はぁぁぁ……」

入り口の肉壁《にくひだ》へ媚薬を塗り込んでいくと、いつしか涼子の震えは全身に広がった。シーツをきつく握り締め、ガクガクと肢体を揺らして快感に耐えている。

でも、いつまで我慢できるかな？　洋介はなおも薬を指に取り、クリトリスを転がす。

「ひ……、くっ、んっ、あふぅ……、あぁんう、うくっ、あ、うぅぅ……」

目隠しと媚薬で際限なく敏感になった小さな肉の芽は、あっという間に勃起《ぼっき》してコチコチに尖《とが》った。滴る愛液で濡れるシーツには、拳大《こぶしだい》の染みができている。

「義姉さん、もしかして、すごく感じてる？」

「え……？　ひぁ、う……、んっ、あんっ、うぅぅ……」

涼子は肯定も否定もせず、ただギュッとシーツを握り込んだ。

「だって、すごく濡れてるよ」

「あ、ん……ふ……ぅぅぅ……、ち、ちが……ぅぅ、ぅぁぁぁぁ……！」

羞恥に身を捩りながら、涼子は首を横に振った。ならば……と、ねちっこいほどに丁寧に秘部をまさぐり続ける。どうしようもないほどに全身をわななかせ、しばらくただ喘ぎ続けていた涼子だが、ついに小さな声で囁く。

「ふ……、うっ、あぁぁっ、う……、た、助け、て……。洋介……、た、助け、て……」

洋介の口もとがニンマリと歪んだ。

「わかったよ」

秘裂から指を離し、目隠しを取ってやる。涼子が恥ずかしそうに目を背ける。

「挿入《い》れて、いい？」

洋介が極力優しく尋ねた。助けるということは、そういうことのはずだ。媚薬で導きだされた秘肉の疼《うず》きは、男の証《あかし》でなければ埋められるはずもない。洋介はおもむろに服を脱いだ。途端に今度は、顔そのものを逸らす涼子。けれど、その瞳《ひとみ》はチラチラ義弟の股間《こかん》を盗み見ていた。血の繋《つな》がりはなくとも、ふたりは姉弟である。罪悪感が涼子の胸を締めつける。でも、だけど……。涼子の理性は悲鳴をあげていた。我慢などできない。食すことなど許されない禁断の果実。自分は今、それを味わおうとしているのだ。

「いいよね……？」

念を押すように言うと、義姉はほんのわずかに頷く。うっかりすると見落としてしまいかねない微妙な動作だ。もっとも洋介は見逃さず、キャミソールを剥《は》いで涼子をベッドへと押し倒し、さっきから充分に屹立《きつりつ》していた分身を握って秘裂にあてがった。

「くぅぅんん……！」

鼻にかかる甘く熱い吐息を涼子が洩らした、まさにその瞬間……。鋭利な刃物で心臓を貫かれるような痛みが洋介を襲った。

酷いことをしているぞ、お前は！　涼子の弱みにつけ込んで薬を使い、しかも、義理とはいえ姉を抱くのか？　湧《わ》き上がる罪の意識に、一瞬息ができなくなった。しかし……。

「ひ、うっ、あぁぁぁ……！」

目の前では、涼子が満たされない肉の疼きに身悶《みもだ》えている。

《そうだ。それを満たしてやるのだ。そのことになんの罪がある？》

頭の奥で声がした。顔のない悪魔の囁き。以前から聞き覚えがあると感じていたその声は、洋介にとってもっとも身近なものだった。そう、彼自身のものなのだ。

《そう。俺は、お前。お前は、俺だ。何を気にする？　今さら、ここまでやっておいて》

俺は別に、酷いことをしているわけじゃない。洋介がニヤリと嗤《わら》う。

《そうだよ》

クスリと悪魔も笑みを浮かべた。洋介の顔で。

そうだ……。これからおもしろくなるんだ。静佳と涼子。母と娘を、両方……。洋介の胸から痛みが消えた。直後、入り口に押しあてた先端を、強引に義姉の中へとめり込ませる。涼子の体内に衝撃が疾《はし》り、大きく開いた朱唇の間から掠《かす》れた悲鳴が洩れる。

「んぁ、や……んっ、あぁぁぁっ！」

ゆっくりと無垢な女芯《にょしん》を貫ぬかれ、美しい顔が苦痛に歪み、浅い呼吸を繰り返す。

「あ、くぅっ！　う、ううぅ……、はぁ、はぁ……」

「力抜いて。息を吐いて」

楽になりたい一心で洋介の言葉に従い、息をつく。その一瞬を逃さず、洋介は灼熱《しゃくねつ》の怒張を奥へと押し進めた。涼子の体内にブチッという音がこだました。

「あっ、あぁぁっ！」

悲鳴とともに全身を硬直させる涼子。義弟の背中へ咄嗟《とっさ》にしがみつき、息もできぬまま懸命にかぶりを振る。豊かな双丘がふたりの間で柔らかくたわむ。

「ごめんね、我慢して」

「う……、う、う……んぁぁ！　ひぁぅ！　くぅ……、くっ、うぁ、んっ、ふ、うぁ！」

泣べソ顔の涼子が、縦に横にと激しく首を振った。頭ではわかっていても、破瓜《はか》の痛みを抑えることなどできはしない。一方、なんとか膣奥《ちつおく》まで貫いた洋介だが、狭く窮屈な膣内に難儀していた。媚薬の助けもあってなんとか結合を果たしたものの、そうでなければとても根もとまで挿入できたとは思えない。そのくらいきつく、喰い千切られそうなほどの強烈な締めつけだ。埋め込んだ剛直に疾る痛みにも似た快感。その感覚が堪《たま》らない。欲望を抑えきれずに腰を動かすと、涼子が苦悶《くもん》の悲鳴をあげた。

「んっ、あぁぁうう……、ひ、あ、ああぁぁっ！」

首筋へしがみつく顔が、酷くオンナっぽく、儚《はかな》げに見え、何度も腰を振り立てる。

「うぁ、んぅっ、んっ、洋介……、あぁぁっ！　く……ひっ、うぁぁぁ……！」

耳もとで感じる涼子の熱い息。ざわめき絡む肉襞を擦《こす》りあげるたびに、ビリビリと痺《しび》れる快感が股間から脳天へと駆け抜ける。

「あぅ、んっ、あぁ、ひぅ……！　く、んぅ……あんっ、あぁぁっ！　ひぁ、うぁぁ！」

涼子は激しく喘ぎ、ただただ必死にピストンを受け止めている。垣間見《かいまみ》える甘い吐息。普段からは想像もつかないからこそ、快楽と苦痛に顔を歪める姿が妙に艶《なま》めかしい。やがて、早くも限界を迎えた射精欲求に抗《あらが》う術《すべ》もなく、洋介は爆発寸前の肉棒を引き抜いた。

「うぅあ、んっ、あぅ、あ、はぁぁ……！」

締めつけから解き放たれ、宙を泳いだ剛直がビクンと撥《は》ねた。同時に、真っ赤に染まる亀頭の先端が怒濤《どとう》の白濁液を迸《ほとばし》らせる。辺り構わず飛び散る粘液が涼子の下腹部を汚し、ふくよかな双丘へ滴った。

「あぁっ！　あぅ、うぁ……、ひ……、あぁ、ううぅ……」

ザーメンの洗礼を身に受けて茫然《ぼうぜん》とする涼子。何が起きているかもわからない様子だ。

虚《うつ》ろな瞳で放出を見つめる涼子。そんな彼女を洋介も見つめていた。

この女を徹底的に堕《お》とすんだ！　飽くことのない欲求に口もとを歪め、洋介は自分と涼子の後始末を済ませる。手早く服を着込み、彼はベッドに横たわる義姉を眺めた。

「じゃあ……、俺はこれで」

「待って」

部屋を出ようとする洋介を涼子が呼び止めた。振り向くと、思い詰めた顔が見つめている。ややあって、涼子が口を開いた。

「お母さんとは……、もう、やめて……」

どことなく吐き捨てるような口調。洋介はそれを、言葉にするのもおぞましい嫌悪と受け止めた。彼女は、洋介と静佳の関係に気づいていたようだ。当然といえば当然だが。

「いいけど」

洋介はあっさりと言って、そのあとにつけ加える。

「その代わり……」

そう、何かを人に頼むのなら、その代償が必要だ。眉《まゆ》をひそめる涼子に、洋介は言う。

「俺の彼女になってよ」

涼子は目を丸くした。強引に処女を奪った男の言葉とは思えない。あるいは言い方が違うだけで、結局は「俺の女になれ」と言っているのか。涼子はしばらく真剣な表情を崩さず、ひとり葛藤《かっとう》の中にいた。そうして……。

「いいわ……」

小さな声で、しかし確かに、涼子は〝ＹＥＳ〟と言った。


食事を終えたあと、今夜も静佳が一番風呂《ぶろ》を申し出た。そこで洋介は、再び涼子と一緒に彼女の部屋へと上がった。恋人となったからには、ある意味当然のことだ。後ろ手にドアを閉め、洋介は笑いかける。

「義姉さん」

その呼び方は、「彼女になって」と言ったことと矛盾していた。現実を思い知らされた気がして、涼子は洋介から目を逸らす。

「俺……、もっと義姉さんのこと、よく知りたいんだけど」

「どういうこと？」

「義姉さんって、ひとりだとどんなことしてるのか……とか、教えて欲しいんだけど」

チロリと上目遣いで見る涼子は怪訝そうな表情を浮かべていた。

「どんなことしてるのか、自分で触ってみせてよ、アソコ」

途端に涼子はギョッとした。結局は、そういうことなのだ。

「洋介……」

「約束破るの？　さっき、彼女になってくれるって言ったじゃないか」

「そ、それは……」

「彼女なんだから。ね？　いいだろ、義姉さん」

わざとらしく哀願する洋介に、涼子は「ふうっ」と大きな息をつく。

「本当に……、しようがないわね」

あたかも自分に言い聞かせるような言葉だった。それでも、観念した面持ちの涼子は、またもジーンズを脱いでベッドの端へ腰を降ろす。すんなりした太腿を滑り、洋介の眼前でショーツが床に落ちた。未《いま》だかつて、涼子には自慰の経験がなかった。緊張に長い睫毛《まつげ》を震わせ、あまり脚は開かずに、そっと指先を自分のデルタへと這《は》わせる。淡い柔毛を撫《な》で、ゆっくりその奥に指を進ませる。ほんの1時間ほど前に処女を失った秘密の花園へ。

「あ、ふ……」

涼子が小さく息を吐きだした。秘裂に沿ってゆっくり指を上下させる。淫行に腫れた秘唇をぎこちなくまさぐる細くて綺麗な指。その組み合わせが、なんとも淫靡だ。

「ん、んぅ……んっ、う、あぅ……」

体内には、まだ媚薬の効果が残っている。ロストヴァージン後の鈍痛とともに、ジンジンと痺れる疼きが下腹部を刺激する。熱い火照りの中に滲みだすぬめり。粘液が滑る指先が、ツンとクリトリスに触れた。

「あっ、ふ、うぁ……！」

反射的に小さな声をあげる涼子を眺め、洋介は背後に隠し持っていたハンディビデオカメラを取り出した。リビングから持ちだしたものだ。そして、涼子のオナニーシーンを撮影し始める。モニターの中で涼子が顔色を変えた。秘部をまさぐる手が動きを止める。

「え……？　ちょっと！　洋介、何をしてるの⁉」

「いいじゃないか。録画しておけば、ひとりで暮らしてても寂しくないし、義姉さんのことといつでも見ていられるし、考えてもいられる。考えていたいんだよ、義姉さんのこと」

そんな言い分が通用するものか！　それが普通である。にもかかわらず、涼子はまたひとつ息をついただけで、秘裂をまさぐる動きを再開した。

甘い！　本当に甘い。ならば、どんどん利用すればいいだけだ。ビデオを回し続ける洋介は、ゴクリと唾《つば》を呑《の》み込む。

「あ、んっ、んぅ……、あぁぁ、んっ、ううぅぅぅ……」

ほっそりした指で花園の泉を掻《か》き混ぜるように動かす。クチュクチュと卑猥な音色が洩れた。しだいに慣れてきたのか、感じるポイントを見極めているようにも見える。時折チラリとビデオカメラに視線を送り、困惑がちに恥じらう姿がなかなかに色っぽい。

「義姉さん、すごい……色っぽいね」

「ふ……あ、あぁ……、あふ……、ふ、ふあぁ、ん……！」

涼子の2本の指が、肉の真珠を挟み、こねる。滾々《こんこん》と湧きでる濃厚な蜜《みつ》を指に絡め、滑らかに愛撫《あいぶ》する。だんだん息が荒くなり、羞恥に強《こわ》ばっていた表情が崩れていく。

「あぁ、う……、あふ、ふぅあああん……、く……、んっ、あぁぁ……！」

モニターと肉眼の両方で行為を見つめる洋介の股間も、ズボンの下で熱く火照り、ピクピクと脈打ち始めた。

「俺、もう、我慢できないよ」

ビデオカメラを床に置き、洋介が涼子を抱き締めた。

「えっ？　あぁぁぁ……」

一瞬の戸惑いはあったが、抵抗はまるでない。いいや、むしろ望んでいるようだ。

「義姉さん……」

ゆっくりとキャミソールを脱がせる。ノーブラだから、すぐに全裸になる。スレンダーな肢体は、裸になるとさらに顕著だ。しなやかで艶めかしい裸身を前に、洋介も急いで全裸になり、涼子をベッドの上へ横たえる。

「優しくするから」

言いながら、髪を撫でた。乳房に口づけ、さっきまで涼子自身が触れていた場所に手を伸ばす。涼子が息を呑んだ。下腹部はすっかりぬかるんでいる。

「濡れてる」

「あ、あ……、んっ！　んぁ……、あふぅ……」

ヒクつく秘唇の中心に指を挿入すると、涼子は頬を染めて目を伏せた。苦痛とも快感ともつかない微妙な表情で顔を歪める。指先に伝わる触感からすると、洋介の欲望を十二分に受け止められることは間違いない。

「涼子……」

わざと名前を呼び捨てにし、洋介はいきり勃《た》つ肉棒を押しあてた。

「んっ！　あっ、く……！」

涼子が苦しげに呻《うめ》き、全身を引きつらせる。ぬめる花びらを掻き分け、洋介は強引に膣内へ侵入した。まだオトコに慣れていないヴァギナが悲鳴をあげる。

「あぁぁっ！　んっ、い、いた……」

上の口からも苦悶の声があがった。きつい粘膜に包まれる剛直が興奮に息づき、いっそう硬度を増した。涼子が首を振ると、長い髪がシーツの海を泳ぐ。細い肢体を抱き締めて腰を進め、そのまま最奥まで辿《たど》り着く。

「あぅ……ん、い、た……、くうっ！　よ、洋介……、ふ、あぅ、あぁぁっ！」

掠れた声に誘われ、欲望がさらに高まる。もっと壊したいという欲求が胸を焦がす。

「ごめん、我慢できない。動くよ」

言うが早いか、乱暴にピストン運動を始める洋介。

「ひっ！　あ、あぁぁ……、い、痛い！　んっ、うう……！」

涼子の長い指がシーツを掴《つか》む。洋介が腰を動かすたびに、低く喘いで耐える。

「うっ！　あうっ！　あぁぁ……、んっ！　んぅぅ……、ふっ！　ああぁ……！」

膣内は熱く潤っているものの、咥《くわ》え込んだ肉棒を喰い千切りそうに締めつける。堪らない感覚だ。ピッチを速めて突くと、涼子は背を反らして全身を強ばらせる。それに呼応して、わななく肉襞が強烈に搾りあげてくる。

「あぁっ！　んっ、あふっ、あぁぁ……、ひっ！　あぅっ、あああぁぁぁ……！」

「涼子……！」

感極まった声で呼ぶ洋介。その腰の動きは際限なく加速していく。

「あぁぁっ、んっ！　うぁぅ……、んっ、あっ、はあぁぁんんっ！」

どれほど愛液が滲みでようとも、涼子の膣内はなかなか馴染《なじ》まない。強烈な締めつけに抗う怒張は、自らの熱と涼子の熱に加え、摩擦熱《まさつねつ》によって沸騰しそうだった。洋介も涼子も、噴きだす汗をキラキラと輝かせている。

「あふっ、い、痛い……ん、あぁっ、あ……！　痛い、う……、洋介ぇ、あ、あぁっ！」

激しい抽送にどうしようもなく翻弄《ほんろう》される涼子が、苦痛混じりの悲鳴をあげる。洋介の射精欲求も抑えられぬほどに込み上げてきている。普段の無表情は見る影もなく、幼子の如《ごと》く泣き叫ぶ義姉を見降ろし、洋介は口角を吊《つ》り上げてひっそりと笑った。その上で、故意に情けない口調をひり出す。

「ああ、射精《で》るよ、射精ちゃう……！」

フィニッシュとばかりに腰を突き入れた洋介は、搾り上げる肉壁の反動を利用して、脈打つ分身を素早く抜きだした。

「あっ、ひあっ！　あぁーっ！」

躍りでた肉棒が、涼子のなだらかな下腹で跳ねる。瞬間、膨れ上がった先端が盛大に弾《はじ》けた。勢いよく噴出された灼熱の男汁が、下腹部から胸、そして顔にかけてまで飛び散っていく。ほぼ全身に精を浴び、涼子はビクリと全身を痙攣させた。

「う、あぁぁ……！　あぁ……、洋介……、あ、熱い……」

夕食前の時と同様に、いいや、それ以上に大量の白濁液にまみれる。その一部は、荒い息を吐く薄い朱唇の隙間《すきま》から、口腔内《こうこうない》にまで流れ込んでいる。口に広がる苦い味覚に戸惑いながらも、どこかうっとりとしたような表情を浮かべる涼子。潤んだ瞳に、義弟の顔が映り込んでいた。

「涼子……」

「よ……、洋介……」

まるで幸せにでも酔ったかのような顔で涼子が応じる。静佳も、美月も、珪子も、貴美も、みな同じような表情を洋介に見せた。程度の差はあれ、好いた相手とセックスをした時に見せる表情。そう。涼子もまた、洋介に好意を抱いていたのだ。義理の弟、血の繋がらぬ家族としてではなく、ひとりの男性として……。

バカだな、涼子も……。洋介が心の中でひとりごちた。さて、これからが本番だ。涼子に気づかれぬようにニヤリと嗤う。半萎《はんな》えのペニスが、ムクムクと力を取り戻していく。

「涼子、俺、もっと涼子が欲しい！」

恍惚《こうこつ》の熱に浮かされ陶然としていた涼子の顔が歪んだ。

「え……？　あ、よ、洋介……？」

「ごめんね」

いつもながらの口先だけの謝罪。涼子の細い足首を掴み、弛緩《しかん》気味の肉体を大きく折り曲げる。そうしておいて、洋介は強引にのしかかった。

「や……、あっ！　やっ！　あ、く、苦し……い……！　やっ！　やめ、あっ、うっ！」

「すぐだから……。お願いだよ、義姉さん」

口を出る甘え声とは対照的に、洋介の繰りだす行為は残忍なほどに乱暴だ。さっきまで肉棒を埋めていたぬかるむ腫れた媚肉の隙間めがけ、復活したばかりの分身をこれでもかとばかりに思いきり打ち降ろす。

「ひっ、ひいっ！　洋介!?　あっ、く、うあぁぁっ!!」

喉《のど》の奥から悲鳴を押しだした涼子が、窮屈なポーズを強要されて苦しみもがく。怯《おび》えに染まる潤んだ瞳が見上げた。そこに映る洋介は、残忍な笑みを湛え、自分の体重で押さえつけるように覆い被《かぶ》さっている。乱暴にねじ込んだ怒張の先端が奥まで達すると、洋介はすかさず腰を使った。きつい肉壺《にくつぼ》に、グラインドとピストンの併せ技をお見舞いする。

「ひぁっ！　うぅうっ！　くあっ、あぁあんんっ！」

荒い息をつき、涼子は涙で濡れた顔をしかめて苦悶に泣いた。情け容赦のない抽送に、ぶつかる互いの肌がパンパンと鳴った。紅《あか》く膨らんだ陰唇が捩れて捲《めく》れ、生々しい肉色をのぞかせる。ぬかるみざわめく無数の肉襞が、吸いつき、まとわりつき、絡みつき、喰らいつく。スレンダーな身体が押し潰《つぶ》され、綺麗な釣鐘形《つりがねがた》の乳房がひしゃげる。そんな様子のすべてが、洋介には楽しくて仕方なかった。

「あぁ……、ひぁ、う……んっ、あぁ……！　くう、あぁっ、ああ……、あふっ、く、うう……、ひぃ！　あふぅ……ん、んんっ、やっ、あう、洋介……、や、やめてぇ……！」

真上から貫かれ、もがく涼子。ふたつ折りに近いポーズのせいで呼吸もままならない。

「俺達、繋がってるんだよ。わかる？　涼子のマ◯コ、こんなにぱっくり口を開いてる」

「ひぁ……んっ、あ、あぁ……、う……、や、やぁ……、ひい、痛い！　あぁあっ！」

淫《みだ》らな単語で嬲《なぶ》られても、涼子はひたすら苦悶に喘ぎ、抗うだけだ。もっとも、彼女の体内はというと、いつしかしだいに馴染んできていた。そう思う間もなく、肉襞に擦れる快感に、洋介の身がブルンと震える。強烈な射精欲求が背筋を駆け抜け、打ちつける下腹部を灼《や》く。立て続けのセックスにもかかわらず、早くも限界が近い。

「涼子、膣内《なか》に射精《だ》すよ！」

「え、ええっ？　あ……、あぁっ⁉」

涼子が戸惑った声をあげた。それには構わず、さらに深く折り畳むように涼子へのしかかり、洋介は貪欲に腰を打ちつけた。

「うぅ……、あ、あぁ……んっ！　あふ……、やっ、やめ……、やっ、やぁぁぁーっ！」

甲高い悲鳴を耳に受けながら、最後の一撃を打ち込む。同時に、キュンと締まった膣内で、怒濤の高ぶりが炸裂《さくれつ》した。狭い肉洞に濃厚な牡《おす》のエキスが溢《あふ》れ返る。涼子とは夕食のインターバルを挟んで三度目、昼間から数えると何度目になるのかという射精にもかかわらず、洋介は大量の精を義姉の体内に放った。

「ひっ、あ、あーっ！　う、あ……、ひ、あぁぁぁぁぁぁぁぁ……！」

スレンダーな肢体だけでなく、その体内までも白濁の粘液で汚され、涼子は茫然自失の状態だった。涙で潤む虚《うつ》ろな瞳で精液を注ぎ込まれた腹部を見つめ、小刻みに全身を震わせている。ようやく分身を抜き去った洋介が体を離すと、粘液でベタベタになった涼子の裸身は力なくシーツの海に沈んだ。短く浅い呼吸に合わせて、たわむ双丘となだらかな腹が上下する。緩く開いた両腿のつけ根では、ヒクヒクわななく秘唇がドロリとした粘液を二度三度と吐きだしていた。そんな義姉の姿を見降ろし、洋介の心に新たな欲望が湧く。

もっと……。もっとだ。もっと堕としてやる！　それは、狂気に満ちた渇望だった。治まりきらぬ飢えた感情だ。底知れぬ貪欲さが、消耗しきった身に鞭《むち》を打つ。もっとも、今の彼には行為を続ける体力など残ってはいなかった。だから……。

どれほどの時間が経《た》ったろう。5分か10分、そんなものだ。静まり返った室内で、正気を取り戻した涼子がいそいそと服をまとう。彼女は「お風呂に入る」と小声で呟《つぶや》き、ドアへ向かう。すると、それまで無言だった洋介が不意に義姉を呼び止めた。振り向く涼子に無茶は承知であることを伝える。

「この先ずっと、パンティを穿《は》かずに生活するんだ。生理中だけは穿いてもいいがな」

一瞬、涼子の顔がキョトンとし、それから酷く嫌悪に満ちた表情になった。

「何言ってるの、洋介？　どうしたの？」

涼子を闇へと引きずり落とすのだ。どん底まで、とことん。洋介は冷たく言い放つ。

「これからは俺の命令を聞くんだっ！　さもないと、今日のことを義母さんにバラすからな。いや、学校中にバラしてやる！」

絶句した涼子が唇を噛んだ。理不尽な仕打ちへの憤りに身を震わす。けれど、さしたる時間もかからずに彼女の肩が落ちる。

「俺の命令を、聞くな？」

念を押す洋介。涼子はその美しい顔を歪めたまま、小さく頷いた。

第7章　白昼の死角

狭いワンルームアパートの一室。ベッドの上で仰向けに寝転がる洋介は、じっと天井の蛍光灯の明かりを見つめていた。以前は、ひとりで部屋にいると、ちっぽけな自分、他人の厚意に甘えなければ生きられない自分というものを痛感していたものだった。

それが、今はどうだ！　体の隅々にまで、奇妙なほどに力が籠《こ》もっているのがわかる。それは、貪欲《どんよく》なまでの渇望による高揚感。けれどそれは、ドス黒い闇色《やみいろ》に満ちていた。

バカバカしい！　洋介はかぶりを振る。

世の中、綺麗事《きれいごと》だけで生きてる人間がいるわけもないだろうに。そうだ。誰の心にもある黒い部分がたまたま大きくなったところで、どうだというのだ？　むしろ人間らしくていいじゃないか。全身に漲《みなぎ》る負のエネルギー。それが自分の中にあることが、心地よくて仕方ない。そうだ。これが本当の自分だ。きっとそうだ。

「これが、俺だ」

自分に言い聞かせるように、洋介は敢《あ》えて声にだした。闇に取り憑《つ》かれた。あるいは、二重人格者になってしまった。一時はそんなことを考えもした。だが、顔のない悪魔の囁《ささや》きに、その幽鬼の如《ごと》き脅迫に怯《おび》えていたのも、今や遥《はる》か遠い昔のことに思える。そもそもそれは悪魔ではなかった。所詮は、自分自身の内なる声でしかなかった。それは人格障害による別の自分でさえない。単なる欲望の顕《あらわ》れ。それだけのことだ。

第7章　白昼の死角

目が覚めると、すでに陽《ひ》は高く昇っていた。今日は土曜日。これから学校へ行くにしても、もはや4時限目も半ばという時刻だから欠席扱いだ。意味がない。ならば……。

洋介はゴロリと寝返りを打った。あたかも窓から射し込む陽光から逃れるように、枕《まくら》に顔を埋める。わずかにのぞく口もとが醜く歪《ゆが》んでいる。欲望を湛えた笑みだった。

正午を過ぎるのを待って、洋介は制服を身に着け、アパートをあとにする。向かった先は、彼の通う学校でも水野家でもなかった。実楠学園とは、ちょうど反対方向にある都立千槍戸高校。そこが彼の目的地、義姉の涼子が通う高校である。

千槍戸高校の校門前へ辿《たど》り着くと、土曜の午後とあって、すでに多くの生徒が下校の途についていた。洋介は適当な女子生徒を捕まえ、義姉を呼びだしてもらう。ほどなく、昇降口に制服姿の涼子が姿を現した。洋介の顔を見るなり、彼女は微妙に引きつった表情を浮かべ、頬《ほお》を赤らめる。

「義姉さん、部活じゃないの？」

「え？　ええ」

「俺も一緒に行くよ。いいだろう？」

屈託のない笑顔で洋介が言うと、涼子はぎこちなく頷《うなず》いた。多少の警戒心は見受けられるが、義弟の真意を計りかねている様子だ。テニスコートへの案内を促され、涼子は妙にギクシャクとした仕草で歩きだす。すると……。

「水野センパーイ！」

昇降口からホールを抜けて校舎の裏手に出る手前で、ひとりの女子生徒が駆けてきた。

「ああ、牧野さん」

「こんなところで先輩に会えるなんて、感激です！」

どうやら部活の後輩らしい少女は、嬉《うれ》しそうに声を弾《はず》ませる。〃こんなところ〃といっても同じ学校の生徒である。いささか大袈裟《おおげさ》な言い方だが、少女は至って真面目《まじめ》だった。

いつぞやの川尻との一件もそうだが、家では見せない一面が受けているんだろう。洋介はふとそう思う。そもそも涼子は、昔から異性同性にかかわらず人気があった。自然と周りに人が集まってくるタイプだ。勉強もスポーツも成績優秀だが、それを鼻にかけるでもない。面倒見もよく、同じ世話好きでも貴美のように押しつけがましいところもなかった。

「これから部活に出られるんですか？」

「そうよ。あなたは？」

「あたし、今日は日直なんです。職員室に日誌を届けなくちゃいけなくて、〃遅刻しちゃう、アンラッキー！〃って思ってたんですけど、先輩に会えたからラッキーでした！」

後輩の少女、牧野美智代《まきのみちよ》は洋介のことなど眼中にないらしく、ひたすら涼子を見つめて話している。どこか疑似恋愛じみた感情を抱いているといったところか。少し離れた位置に立っていた洋介は、何気なくふたりのやり取りを眺めるうちに、あることを思いつく。

涼子はちゃんと約束を守っているだろうか？　そう。ノーパンでいろという強引な命令を、だ。公立校のせいか、千槍戸高校の制服のスカートは、実楠学園のものと比べていくぶん丈がある。それにしたところで、簡単に中が見えるほどではないにしろ、ミニスカートであることには変わりなかった。洋介は足音を忍ばせて涼子の背後へと歩み寄る。その気配を背後に感じ、涼子が不安げに視線を送った。そしらぬ顔の洋介は、美智代の死角となる位置から、そっとスカートの下に手を入れる。

「あ……！」

涼子が身を竦《すく》ませた。スカートの裾《すそ》から差し入れた洋介の指に伝わるツルリとしたヒップの触感。困惑の眼差《まなざ》しを無視し、洋介はこっそりとほくそ笑む。

守ってるじゃないか。ククク……、可愛《かわい》いもんだ。なんだかんだ言っても、結局は逆らえないということか。引き締まる肉球を指先で撫《な》でる。涼子がモゾモゾと身を揺すった。

「先輩？　どうしました？　あれ、この人は？」

ようやく美智代も洋介の存在に気づいたようだ。

「あ……、わたしの、義弟《おとうと》なの」

「あ、そうだったんですか！　こんにちわ」

いかにも社交辞礼的な挨拶《あいさつ》をして、少女の関心は瞬く間に涼子へと戻る。

なんだかなあ……。洋介は苦笑した。しかし、却《かえ》って好都合だ。ズボンのポケットにはあらかじめ忍ばせておいたものがあった。掌《てのひら》に隠して取りだしたそれは、ピンク色の玉子ローターだ。静佳に命じ、アダルトショップで購入させておいたもののひとつである。洋介はローターを握る手をスカートの中に潜り込ませた。そして、玉子形をした小さなプラスチックを、義姉の秘部へと押しつける。

「ひぃ……」

悲鳴をあげかけ、その途中で必死に呑《の》み込む涼子。揺れる瞳《ひとみ》に非難めいた色が浮かぶ。

「ん？　どうしたの、義姉さん？」

「先輩？　何かあったんですか？」

洋介と一緒になって、美智代も怪訝《けげん》そうに尋ねた。

「う……、ううん、なんでもないの」

言いながらも、涼子の顔はしだいに赤らんできている。ショーツを穿《は》いていないという状況が被虐心を煽《あお》っているのか、涼子の秘裂はずっと湿りっぱなしだった。それをいいことに、洋介はさらに手を進め、ローターを丸ごとすべて押し込んでしまった。

「ん……！　ん、んんぅ……」

震える唇を噛《か》み、異物の挿入に耐える涼子。今ひとつ納得しかねるように眉《まゆ》をひそめた美智代だが、涼子の言葉を疑うことはしなかった。

「そうですか？　あ、先輩。今度の試合、頑張って下さいね！」

「へえ、試合があるんだ?」

不意に、洋介が会話に加わった。同時に、ローターのスイッチを入れ、最弱にセットする。極々かすかな、他人には聴き取れない程度のモーター音がした。途端に涼子は、頬を引きつらせながら笑顔とも泣き顔とも取れる表情を浮かべる。

「あ……う、んぁ……んっ、え、ええ……」

「そうなんです! もちろん、水野先輩が優勝の最有力候補なんですよ!」

「へ〜。そうなんだ、義姉さん?」

「んっ、う……ん、あ……、え、ええ……、ま、まあ……」

頬を染め口籠もる涼子。花びらの奥、感じ易い入り口の辺りで、ローターは小さく振動している。そっと手をまわして確認すると、太腿《ふともも》の内側に粘液の雫《しずく》が流れでてきていた。そんなことなど露ほども知らない美智代は、涼子がテレているとでも誤解したようだ。

「じゃあ、先輩! また部活で!」

「え、え、あ……、ええ……、うぅ……」

憧《あこが》れの眼差しを涼子に向けたままペコリとお辞儀をして、美智代はもと来た廊下へと駆け去った。周囲には他に誰もいない。水野姉弟だけが身を寄せ合っている。

「あっ、う……、よ、洋介……!」

泣きそうな顔で睨《にら》みつける義姉の視線を、洋介は笑って躱《か》わした。

テニスコートへ案内されたところで、洋介はローターを抜いてやる。大きく息をついた涼子は、そのあとそそくさと部室へ向かった。見学者を装う洋介は、適当にヒマを潰《つぶ》しながら涼子がコートに現れるのを待った。やがて、テニスウェアに着替えた涼子が、数人の部員達とともにコートへ姿を見せる。洋介を意識しないように、彼女は敢えて視線を合わせずにいた。実際、部活の開始とともに後輩達から指導をせがまれた涼子には、すぐに義弟を気にする余裕もなくなっていた。

後輩のフォームをチェックし、誤りを直す涼子。部活に打ち込む彼女の姿は、確かに凛《りん》として清々《すがすが》しい。これなら人気が出るのもわかる。だが……。

フェンスの反対側にひとり立つ洋介は、喉《のど》の奥で低く嗤《わら》う。涼子に憧れる後輩達は、想像もしていないだろう。彼女が洋介の奴隷になりつつあることを。

満足げにしばらく様子を見ていた洋介は、ふと涼子の仕草に疑問を抱いた。昇降口で顔を合わせた時には、酷《ひど》くギクシャクした動作だったのに、今の彼女はむしろハツラツとしている。後輩の指導に熱が入っているとはいえ、スコートの丈は制服のスカートよりも遥かに短いはずだ。そこで彼はハタと気がついた。

そうか、アンダースコートか！　パンティを穿くなとは言ったが、アンダースコートまでは制限していない。こういうことは徹底しないとな。洋介はフェンス沿いに部員達のすぐ傍まで歩き、義姉を呼んだ。ハッとした涼子が、困ったような顔で振り返る。

「あ……、洋介。なに？」

「義姉さん、ちょっと……」

洋介は部員達の輪から涼子を連れだし、人目のつかない場所へ移動した。

「なに？　今、部活中なのよ」

「わかってるよ。さっさと済ませるさ」

そう言ってスコートへ手を伸ばす洋介は、おもむろにアンダースコートを引き降ろす。

「あっ！」

「命令だろ？　アンダースコートだろうと穿いちゃダメだ」

「でも……、こんなに、ウェアが短いのに……」

「ダメだと言ったらダメなんだ！　なんなら、ここで人を呼ぼうか？　テニス部の後輩でなくても……、ほら、あっちの野球部なら男がゴロゴロしてるぞ。この姿、あいつらに見られたいのか？」

「酷い……」

涼子が朱唇をキッと結んで睨む。けれど、洋介がそんなことに動じるはずもない。奪い取ったアンダースコートをズボンのポケットへねじ込み、彼は義姉の背中を押した。

「さあ、後輩達が待ってるぞ」

コートに戻った涼子は、さっきまでと同様に後輩達の指導を始める。その姿を、洋介はフェンス越しにじっと見つめていた。

「こ……、ここで肘《ひじ》を曲げちゃダメなの。いい？」

「はい！」

「こう……。無駄な力は、入れないで……、ね」

複数の後輩の前で模範的なフォームを実演する涼子、しかしその手つきや動作には、それまでの勢いがまったく感じられない。心なしか声も上擦っているようだ。しかも、本来なら脚を開いてラケットを振らなくてはいけないのに、適当に手先だけで済ませ、まったく脚を開こうとしなかった。もっとも、少しでも派手な動きをしようものなら、無防備な下腹部が大勢の目にさらされてしまうのだから仕方のないことではあるが。

太陽が西の空へ傾いた頃《ころ》、部活は終わりを告げた。運動部にしては早い上がりだ。試合が近いので今日は早めに切り上げる。部長を務める涼子の提案だった。だがしかし、それが単なる方便であることを、洋介は見抜いていた。

「ありがとうございました！」

「お先に失礼します！」

口々に元気な挨拶をする部員達が部室へと消えていく。あらかたの部員がいなくなってから、ようやく涼子がコートの外へ出てきた。スコートの裾を押さえ、ちょっとした風にも身を竦める涼子は部室へと足早に歩く。そんな彼女の前に洋介が立ち塞《ふさ》がった。

「洋介……。な、なに……？」

怯えた瞳が義弟を見つめる。

「せっかく早めに切り上げたんだ。来いよ」

「え……？」

半ば引きずるようにして、洋介は義姉を手近な建物へ連れ込んだ。そこが体育倉庫であることは、涼子の様子を見守る傍ら確認済みだった。グラウンドでは、野球部を筆頭に、まだ多くの生徒達が部活に汗を流している。昼なお暗い用具倉庫は格好の隠れ場所になる。まさに白昼の死角だった。

「よ、洋介……。な、に……？」

「視線だけで相当感じてたんじゃないのか？」

洋介がニヤニヤ笑う。ビクリと一歩後ずさり、涼子は羞恥《しゅうち》に染まって口籠もった。

「そうだよなぁ。さっき触った時なんか、何もしてなくてもあんなに濡れてたんだ。ローター突っ込まれたり、アソコ丸出しで部活させられて、相当キてるんじゃないのか？」

言うが早いか、涼子の手首を握って乱暴に引き寄せる。抱きかかえて自由を奪い、短いスコートへ手を潜り込ませた。下腹部をまさぐる指の先に、ねっとりと愛液が絡みつく。

「ほら見ろ」

「あ……！　やっ！」

耳まで真っ赤に染め、涼子は声を震わせた。部活の際に見せた凛とした態度は見る影もない。膝《ひざ》がガクガクとわななないて、立っているのがやっとのようだ。

「まあ、でも、忠実に命令を守ったんだから、少しは見返りがないとな」

すぐ傍に重ねて置いてあった跳び箱の上へ涼子をうつ伏せに押し倒す。勢いスコートが捲《めく》れ、色の白い尻肉が丸見えになった。

「え……!?　や、あっ！　や、やめて、洋介！　こんなところで……。や、やめて！」

「どうして？　こんなに濡らしておいて！」

小刻みに震える双球を前に、洋介は凶暴な気分を抑えることができなかった。いいや、初めからそんなつもりなどないのだ。涼子の両腿をかかえて押さえつけ、手早く服を脱ぎ捨てる。そうして、パンパンに膨らんだ分身を割り開いた肉の谷間へ押しつけた。

「ひっ！　やっ！　いやぁ……！」

涙混じりの懇願にも耳を貸さず、勢いをつけて狭くきついヴァギナを貫く。

「あぁ……！　あっ、あああぁぁぁぁぁぁーっ!!」

身を襲う激しい衝撃に、跳び箱にしがみついて絶叫する涼子。だが彼女の肉体は、洋介の怒張をものともせずに受け入れていた。苦悶《くもん》とも快楽ともつかない声が倉庫に響く。

「ああっ、や……！　うっ、あぁん、あ……！　あ、うっ、やあぁ、やめ、てぇ……！」

熱く潤い、ざわめきうねる肉襞。オンナとしての機能に目覚めつつある証《あかし》が、洋介の快感を強烈に煽ってくる。結合部からは、グチュグチュと粘っこい水音が洩《も》れる。

「くぁ……、うあぁっ、んっ！　あふ、うぅ……あ、ひ、ひぅっ！　あ、あぁ……！」

開発途上の肉壺《にくつぼ》が絶え間なく剛直を刺激する。目眩《めまい》がしそうなほどの快感に、息を荒げて自分本位の抽送を繰り返す洋介。本能の赴くまま、ひたすら激しく腰を動かす。

「くあっ、やぁ……、うっ！　あう、んっ、あひぅ……、やっ、あぁ……ん、あんっ！」

倉庫にこだまする涼子の声が徐々にうねり始めた。そして……。

「あっ、ひっ、ひぁっ！　だ、だめぇ……！　やっ、あふ、うぅん、や、へ、変に……」

今まさに、涼子の意識は性の愉悦を理解しようとしていた。肉体を翻弄《ほんろう》する悦楽の大波が、彼女の理性を呑み込もうとしている。それを察した洋介が、灼熱《しゃくねつ》の肉棒を膣奥《ちつおく》深くに突き込む。背を反らし、全身を緊張させる涼子が、跳び箱の布地に爪《つめ》を立てて喘《あえ》ぐ。

「や、だ……、だめ、そ、……そんな、あっ、あぁぁ……ひ、く、うぁぁぁぁーっ！」

「もっとよくしてやるよ」

「え……？　んっ、あ、や、いやぁぁっ！　あ、くっ、うぁっ！」

短いストロークのピストンを続けながら、目の前で震える蕾《つぼみ》に溢《あふ》れでた愛液を塗りつける。ぬるついた指でこねていくうち、クニュッとした感触とともに入り口が柔らかくなったのがわかった。気持ち悪さと快感とがグチャグチャに入り混じった声があがる。

「やぁ、あひっ、ひ、いやぁぁっ！　よ、洋介……、や、いや、やめ……！」

「ここも感じるだろう？」

脱ぎ捨てたズボンのポケットからローターを取りだし、柔らかくしたアヌスへと強引に突っ込む。プラスチックの玉子が思いの外簡単に呑み込まれる。

「あうっ！」

涼子が苦しげに呻《うめ》いた。間髪を与えずにスイッチを入れる。

「えっ⁉　あ……！　ひっ、やぁぁぁぁっ！　あう、く、うぁ……、ひ、う、うぅっ！」

前後の穴を嬲《なぶ》られる涼子は、必死で跳び箱を抱きかかえ、ひたすら叫んだ。パンパンと音を立てて打ちつけるたびに、結合部から漏れでる愛液で跳び箱が濡れる。

「ひっ、あ、あっ、う……、あひ……、あんっ、あ、く……、うぐっ、あぁひぃっ！」

「さて、そろそろフィニッシュといこうか？」

突然腰を止め、洋介が言った。涼子の身体《からだ》が跳び箱から引き起こされる。両手を掴《つか》んで尻を突きだすポーズを

取らせたかと思うと、再び激しい打ちつけが開始された。

「や、あ……、あぁっ！　う、あっ、あぁぁっ！　ひっ、あっ、や、やめ、てぇ……！」

涼子が懸命に身を捻《ひね》り、哀願の眼差しを送る。

「やっ、やめ……、お願い……、あっ！　ああっ、あーっ！」

「こんなに感じてるのに、やめていいのかよ？　え？」

「やめ……、ほんと、に、もう、やめ、あぁぁぁ、い、やぁぁぁーっ！」

奥まで突いた怒張で抉《えぐ》るようにこねる。膣内の衝撃と直腸内の振動が、スレンダーな肢体を極限まで突っ張らせる。ついに涼子は金切り声をあげた。

「おっ、お願いっ！　お、お尻、の……、やめっ！　お願いィーっ!!」

「ククク……。そんなにローターが気持ちいいのか？」

「あ……う、そ、の……、あぁぁっ、うぅっ、あふ……う、おかし、く、なって……」

涼子は認めたくないというような仕草で、何度も首を振る。

「感じすぎるんだろう？　いいじゃないか、感じろよ」

「や……、うぁ、だ、め……、そんなぁぁっ！　や……、いやぁっ！」

それには構わず、洋介はローターの振動レベルを最強にセットした。

「ひっ、ひぃぃぃぃぃぃっ！　や、いや、やぁぁぁぁぁーっ！　う、うぁぁぁぁーっ！」

耳つんざく悲鳴が倉庫を震わせる。それとは別に、涼子の体内は震え続けていた。薄い肉壁《にくひだ》を通じて送られる振動は、洋介の分身をも小刻みに刺激する。イチモツにヴァギナを貫かれ、ローターにアナルをこじられ、すでに涼子は極限まで高ぶっていた。

「膣内までグショグショじゃないか。さっさとイッちゃえよ、涼子」

言いながら、嘲笑《ちょうしょう》を浮かべる洋介が、トドメとばかりに肉芽を摘んだ。

「うぁぁっ！　やぁぁぁ、やっ、だ、だめ、あっ、あぁぁぁぁぁぁぁぁーっ！」

絶叫とともに、涼子は狂ったように痙攣《けいれん》した。爆発的な快感が、締めつける肉襞を通して洋介の背筋まで一気に駆け抜けていく。ローターの入ったアナルも、カフェオレ色のすぼまりをヒクヒクと蠢《うごめ》かせ、トロリと汁までこぼした。

「あぁぁっ、んっ、うぁぁぁぁぁっ！　あっ、あぁぁっ、あっ！」

喰《く》い千切られそうな締めつけに、洋介の高ぶりもたちまち頂に達し、次の瞬間には膣内で怒張が爆《は》ぜた。

「あぁっ！　あ、ひっ、ひ、ひぃぃいっ！」

堰《せき》を切った如く噴出した大量の白いマグマ。灼熱の白濁液が溢れ返る膣内で、激しく暴れる肉棒が放出の脈動を繰り返す。涼子はそのたびに身体を小刻みに震わせた。

「あっ、あう、うぁぁ……、ううっ、や、いやぁ……」

体内を汚す粘液の感触に、涼子は辛《つら》そうに首を振る。すべてを射精し終え、洋介はゆっくりと身を離した。ついでに、アナルからローターを引きずり出す。ドロリとした精液を秘裂から滴らせ、ぐったりとした涼子の身体が跳び箱に倒れ伏した。

「ひぅ、うぅ、うぁぁ……、あう、うぁあぁぁ……、ふっ、うぅぅ……」

恍惚《こうこつ》の嗚咽《おえつ》を洩らす義姉を見降ろし、凌辱《りょうじょく》の限りを尽くした洋介が小さく嗤う。

まだまだだ。甘い女は、どこまでも堕《お》とされるべきなのだ！


その夜も洋介は、滾《たぎ》る肉棒で涼子を犯していた。

ついこの間までヴァージンだったのが嘘《うそ》のように、着々と肉体を開発され、奈落《ならく》の底へ堕ちていく。その姿は見ていて楽しかった。自然と、堪《こら》えようもない笑いが込み上げてくる。もはや、その歪んだ嗤いを隠す必要はなかった。以前観た夢のように、鬼畜に徹することができた。考えてみれば、1年も前から何に怯えていたというのか。胸に抱いた欲望は、こんなにも簡単に叶《かな》えられた。罪悪感など微塵《みじん》もない。家を出るほどに思い悩んだのは、いったいなんだったのか。

恩だ、感謝だ、などとバカバカしい！　単に俺は、今まで自分を偽ってきただけだったんだ。恩を仇《あだ》で返す。それは結局、自らの本性を解き放つことだったというわけか。ひとり納得する洋介は、満足げに腰を振った。

「ひ、んっ、あっ、あぁぁっ！　あうぅ……、んっ、あふ……、ひ、あくっ！　ひっ、あうぅぅ……、うぁぁぁぁっ！　あ、い、いぃ、いいのぉ……、いい、あぁぁぁぁっ！」

全裸の涼子が、あられもない嬌声《きょうせい》をあげてよがる。昼間の淫行《いんこう》を再現するかのように、洋介は義姉の両手を掴み、尻を突きださせる格好で背後から貫いていた。

「あっ、あんっ、あう、うぁ……、ひぃぃっ！　気持ち、いい、のぉ……、あぁっ！」

「そんなに気持ちいいのか？」

「あうっ！　あっ、んんっ！　あひっ！　ふ、あぁっ、んっ、あぁんんっ！」

洋介の問いかけに涼子は何度も首を縦に振った。階下では母親の静佳が風呂《ふろ》に入ってい る。そんな安心感が、涼子をこれほど乱れさせているわけではないだろう。そもそも人間は浅ましい生き物なのだ。普段は意識の底深くに埋もれた本性は、わずかなきっかけで表に顔をだす。涼子も、静佳も、美月も、珪子も、貴美も、所詮は洋介と変わらない。誰もが心の中に顔のない悪魔を棲《す》まわせている。そしてそれは、自分自身が持つ闇の一面でしかないのだ。洋介はそう考えていた。

「ククク……。涼子はどこがイチバン感じるんだ？」

抽送の最中、コリコリに凝った乳首を指で摘む。途端に涼子は背を反らして全身を痙攣させた。なかなかの感度だ。そればかりではない。

「あ……、あふっ！　う、お、お尻……堪《たま》らない……、あんっ、う、あぁぁぁっ！」

涼子が喘いだ。そう、調教はヴァギナだけに留《とど》まらない。アナルビーズを埋め込み、後ろの穴もしっかり躾《しつ》けている。

「お、お尻……、気持ち、いぃ……、う、ひぃんっ、あぁ、響く……、や、あぁんっ！」

直腸をビーズで埋められ、膣腔を貫かれる。両方で感じるのだろう、涼子がうっとりとした甘い吐息を洩らす。

「あんっ、あふっ！　ひ、ひぃいっ！　あんっ、イ、イ、き、そう……、あぁぁっ！」

膣壁がうねり、寄せては返す波のようにさざめき始める。

「んっ、あ、く、イ、イッちゃ、う、わ……あぁぁーっ！」

そろそろ絶頂が近いようだ。背中に覆い被《かぶ》さり、洋介は囁く。

「イきたいのか？」

「う、ん……あぁっ！　あっ、う……、ふぁぁっ！」

荒い息の間で、涼子が大きく何度も頷いた。結合部から止めどなく溢れる淫蜜が、幾筋もの雫となって腿の内側に滴っている。

「イ、か、せて……あぁ、あぁぁんっ！」

「じゃあイけよ」

意地悪く言うと、涼子が切なげに首を振り、身を揺すった。

「は、んっ、くぅぅっ！　あぁあ……う、あぁぁっ！　ひぃ、う、うぁ……」

「ほら！」

グイと腰を進め、怒張を最奥まで突っ込んでやる。

「ひっ、ひぁぁぁぁぁぁっ！　あう、う、うくっ！　んっ、ひぁぁ……！」

小刻みに痙攣する肉襞の感触を楽しむため、亀頭の先端をゆっくりと擦《こす》りつける。快感ともどかしさの狭間で涼子が身悶《みもだ》えた。

「んっ、あ、う、うぁぁっ！　お、お願い……、あっ、あ、お、お尻……あぁぁぁ……」

「なんだ、こっちか」

知っていながらわざとらしく言って、洋介がヒップの谷間に指を差し入れる。指先に触れる小さな球体。シリコンでできたそれをクイと軽く引いた。数珠繋《つな》ぎのシリコンボールが数個、蕾からひり出される。いわゆるアナルビーズと呼ばれるシロモノだ。

「あぁぁぁぁっ、あっ！」

泣きそうに叫ぶ涼子を見降ろし、洋介の口もとがニィと歪む。

「じゃあ、イッちまえ！」

今度は一気にアナルビーズを残さず引き抜いた。

「うぐあぁぁぁぁぁーっ！　あひぃっ、や、あ、だめ、もうダメェ、あぁぁぁぁぁーっ！」

汚らしい音を立て、腸の粘液でベタベタになった丸い玉が、震える蕾から飛びだしてくる。直後、涼子が大声で叫んだ。

「あっ！　あ、あぁぁっ！　イ、イくっ！　イくぅぅぅぅぅぅぅーっ‼」

全身の緊張が膣壁に響き、埋め込まれた剛直を強烈に締めつける。

「あぁあ、やっ、あぁぁぁぁぁっ！　あ、んっ、う、あ……あぁっ！」

絶頂に達してもなお、涼子は身体を何度もヒクつかせながら肉棒を咥《くわ》え込んだままでいた。うっとりとした声と表情が、完全なる性の虜《とりこ》となった証だ。

「あぁぁ……ひ……う、く、あふ……、うぐ……あぅ、あ、あぁ……とけ、ちゃう……」

「おまえばっかり気持ちよくなってるんじゃないぞ」

湯気がでそうなほど熱くなった分身を抜きだし、洋介が言った。

「ちゃんと俺もイかせてくれないとな」

「あふ、ひっ、あぁっ！　うぁ……あっ、あ……、は、はい……」

頷く涼子は、ベッドに腰かけた洋介の足もとへ跪《ひざまず》き、自分の愛液にまみれたイチモツをおもむろにしゃぶり始める。

「うぐぅ、あ、あふ……ん、んっ、うぅんむむ……、あふぅ……、チュプ、チュパ……」

口で愛撫《あいぶ》することすら快感になっているのか、涼子は自ら積極的に唇を動かし、舌を絡めた。淫靡な音を立てて何度も舐《な》め上げ、唇で締め上げてしごく。

「むんぅ、うぐ……チュピ、チュバ、んくっ、んむぅ……、うぁう……、ん、う……ジュプ、チュプ……、チュパ、んく……」

「どうだ、美味《うま》いか？」

「あ……ん、お、美味《おい》しい……、チュプ……、ジュブ……」

第７章　白昼の死角

屹立《きつりつ》した肉棒に頬ずりをしながら、嬉しそうに口に含んでは吸い上げる。

「あふ……あ、お、美味しぃ、よぉ……ジュバ、ジュプ……」

まったく、呆気《あっけ》ないものだ。洋介は思う。結局涼子も、肉の快楽に酔ってしまっているのだ。血の繋がりがない姉とは、こんなものか。血の繋がらぬ母も似たようなものだったが……。まあ、静佳の実の娘なんだから、こういうところは似ていても不思議はないんだろう。こうして簡単に堕ちる。淫乱の血だ。洋介は嗤った。心なしか、フェラチオのスタイルまで似ているように感じる。涼子の表情は快楽に蕩《とろ》け、唇と舌、あるいは口腔《こうこう》全体で肉棒を味わうことに必死なのだ。

「んっ、んくっ、む、んっ、あふ、チャプ……、んく、ジュプ、チュプ……、チュ、チュピ……、チュク……、んっ、んくっ、う……、ふぁう……、あぐ……、ひ、うくっ、あふうぅ……、うぐ……、ひっ、んっ、チュブ……、チュポ、んく……」

細い背が剛直を咥えて前後左右、上下にと動く。涼子の華奢《きゃしゃ》な背中を見ているだけで、洋介はもっとグチャグチャにしてやりたい気になった。

そうだな……。股間《こかん》にうずくまる義姉を眺めて思う。もうちょっと仕上がったら、静佳と一緒にっていう手もあるか。涼子との交換条件で、静佳にはずっとおあずけを喰わせていた。あのオンナもそろそろ限界だろう。洋介が低く笑う。

「ひぐ……んっ、あ、くぅ……、うぐ……、あふ、ひ……、んく、あむ……、ぐ、ふ、あふ……んっ、んくっ、ジュブ……、ジュバ……、あむぅ……、んっ、んん、チュパ、チャプ、ジュブ……、んくっ、んぐ……」

唾液《だえき》に濡れ光る朱唇でしごき立てる義姉の顔に、義母の顔が重なった。

おもしろい。涼子との約束などどうでもいい。恩を仇で返すのと同じで、約束は破るためにある。主は俺なのだ。もう二度とまっとうな親子関係には戻れなくなるだろうが、それも一興。そう考えた時、不意にズキリと胸に痛みが疾《はし》った。

《それだけは……、ダメだ！　これ以上酷いことは、もうやめろっ！》

一瞬、洋介は茫然《ぼうぜん》とした。耳の奥に聞こえたのは顔のない悪魔の声。だが、言っている内容が、今までと明らかに異なる。単なる幻聴か？　それとも……。

うるさい！　だがしかし、洋介は声の主を一喝した。誰であろうと関係ない。どのみちもう後戻りはできないのだ。かぶりを振って目の前の現実に目を向ける。

「はぐっ、んむっ、チュ……、うぐ、あんっ、う、んっ、んふっ、チュプ……、んっ、あむん……、あふっ、むぐ、ひうっ、んっ、チュプ……」

「おい、射精《だ》すぞ」

洋介は言い、涼子の唇から肉棒を引き抜いた。ヌポンと滑りでた怒張を義姉の顔の前で軽く擦る。脳天を突き抜ける痺《しび》れとともに、膨らみきった欲望が臨界を超えた。

「あぐっ！　うぁぁ……、あ、う……、あっ、あぶぶぅぅぅ……！」

むせるような臭気を放つ粘液を顔にかけられても、涼子はうっとりとした表情を崩さなかった。軽く開いた唇を、整った鼻筋を、上気する頬を、白濁の欲望が汚す。残り汁まで搾りだし、すべてをかけ終えても、涼子は虚ろな表情のまま洋介の分身を見つめていた。

「んっ、あぁ……、あふ……ふぁぁ……、あん……」

「いい顔じゃないか」

洋介が言うと、涼子はかすかに笑ったように見えた。

第8章　憑き

その日、洋介の心に〝何か〟が舞い降りた。以来彼は、女性を嬲《なぶ》り、貶《おとし》めることに最大の快楽を味わうことになる。自分の意志とは裏腹に……。いいや、ひょっとしてこれは自分の意志なのではないか？　それともやはり……。その答えは洋介の中にある。

下着をつけるなという命令はまだ続いていた。今日は日曜日だ。そこで洋介は、一計を案じ、昼間から涼子を街へ連れだすことにした。

ともに私服姿の洋介と涼子は、最寄りの駅から電車に乗っていた。特に目的地があったわけではない。その証拠に、ふたりを乗せた列車は、山手線の内回り路線を一巡し、二巡目に入っていた。その間洋介は、黒のミニスカートを穿《は》かせた涼子を、シートに座らせたり、ドアの前に立たせたりして愉しんでいた。

家を出てから今まで、果たしてどれほどの人間が涼子のスカートの中を覗《のぞ》いたことだろう。そう考えるだけで、涼子はモジモジと落ち着かない。時折洋介の顔をチラチラうかがい、訴えかけるような眼差《まなざ》しを送る。それが逆に、洋介の嗜虐心《しぎゃくしん》に火をつけているということに、涼子は気づいていなかった。

まったく、愚かなヤツだ。洋介は座っていたシートから腰を上げ、涼子を連れてドア際に立った。無言の訴えが無駄だと知った涼子は、何かをごまかすように窓の外を流れる景色へ顔を向ける。ちょうどいい。洋介にとっては好都合だ。涼子にぴったりとついて立つ彼は、静かに背後へとまわり込んだ。そして、大型のウエストバッグの中から、あらかじめ入れておいた玉子ローターを掴《つか》みだす。電車の騒音で、モーター音が周りの乗客に聞こえる心配はない。巧みにスカートを手繰り上げ、ローターを押しつける。

「あ……、ひっ！」

涼子が喉《のど》を引きつらせた。

「や、よ……、洋介……！」

あからさまに顔色を変えて振り向くが、知ったことではない。無表情を装う洋介は、すでにしとどに濡れそぼる媚肉《びにく》の隙間《すきま》へ、ゆっくりとローターを押し込んでいく。

「や、やめて……、洋介……。あっ、あぁぁ……！」

扉のガラスに手を押しつけ、涼子は異物の挿入に耐えた。ならばとばかりに最後まで押し込むと、ハイヒールを履いたすらりと長い脚が痙攣《けいれん》し、わずかに跳ねる。

「んっ、んぅぅ……、ひっ！　ひっ、うぁ、あぁ……！」

込み上げる羞恥《しゅうち》に耳まで赤くして、涼子はスレンダーな肢体を震わせていた。ローターを埋め込まれた花びらがヒクヒクわななくのがわかる。

「あう……、んっ、あ、あふ……、うぅぅ……、んっ、うぅ……、ふぁぁぁ……」

様子見にあてがっていた指先が、ネバつく蜜《みつ》でぐしょ濡れになってきた。洋介は、そっと手を離し、代わりにローターのスイッチを入れる。

「あぅ……！　くっ、くぁぁぁ……、ふ、ひぁっ、ん、ひぁぁ……、うぁんん……」

人目を気にしながらも、涼子は小声でしきりに喘《あえ》いでいた。ローターによる直接的な刺激だけでなく、他人に見られる快感もあることは否定できまい。

それなら……。洋介はすぐ傍に立っていた少年に目をつけた。ふた駅前から乗り込んで来た少年がそこに立ったのはまったくの偶然だった。けれどさっきから、それとなく涼子の様子をうかがっている。何をしているのかは理解していないようだが、どうやら涼子に興味をそそられているらしい。洋介はチラリと涼子に視線を送った。

「く……う、うぁぁっ、んっ、あんっ、う……、ふぁ……」

扉にもたれる義姉は、彼の思惑に気づきもせず、ローターの刺激に夢中になっている。洋介は声を潜めて少年に声をかけた。

「おい」

「え？」

突然のことに表情を強《こわ》ばらせる少年。その片手を有無を言わさず掴み、涼子のスカートの下へと導き入れる。

「あ、あ……！　えっ⁉　う……、う、そ……⁉」

驚いた涼子が伸びてきた手の方向に視線を向ける。そこには、目を丸くし、口をパクパク動かして、でも何も言えずにいる少年の顔があった。怯《おび》えの色を宿した少年の瞳《ひとみ》が、逃げるように洋介へと向けられる。つられて涼子も、反対側に立つ洋介に困り果てた顔を見せた。だが、返ってきたのはニヤリとした笑いだけだ。

「ひっ、うぁ……、よ、洋介……、や、め、て……。何を……」

涼子の囁《ささや》きを無視し、洋介は少年にこっそり耳打ちした。

「いじっていいんだぞ」

「やぁっ、あ、あ……！」

背後のやり取りを耳にした涼子が抗《あらが》いの声を洩《も》らす。もっとも、彼女の懇願は少年には届かなかった。真っ赤になりながらも、スカートの中の手が涼子の股《また》の間をオズオズとまさぐる。手練《てだ》れではないものの、その行為は並の痴漢の上をいっていた。

「ふ、あ、ぁぁ……！　んっ、う……！　ひ、あぁぁ……」

涼子が目を伏せて身を硬直させた。ローターの振動と、ぎこちない少年の手の動きが、なんとも言い難い刺激のハーモニーを奏でる。

「あっ、んっ、んぅぅ……、う、うぁぁ……！　ん、う、ひぁ、あ……、ううん……」

しだいに涼子の体温が上がっていく。洋介がローターの振動レベルを強くしてやった。

「ひいいっ、ふっ、あぁっ、あう……！」

小さな悲鳴のトーンがだんだん高くなる。電車の走行音に掻《か》き消されて、せいぜい洋介と少年くらいにしか聞こえはしないが、それでも充分に危機的な状況だ。

「あぐっ、うぁ……、んっ、あふ、ひ、あぁぁぁぁ……！」

少年は戸惑いを隠せないまでも、好奇心の赴くままに涼子の花びらを撫《な》で、秘裂の先端にある小さな突起をいじっている。

「やっ、あ……んっ、あぁ……ん、だ、だめぇぇぇ……！」

唐突に、涼子が電車の扉へ突っ伏した。全身が痙攣している。どうやら、軽く達してしまったようだ。

「あぁ……、はぁ、はぁ……、はぁ……、ふっ、ふぁぁぁ……」

グッタリした涼子の荒い息をついていると、車内アナウンスが次の到着駅を告げた。速度が落ち、やがて列車はホームへと滑り込む。すると少年は、さっと涼子から手を離し、開いた向かいの扉から逃げるように降りてしまった。ここが少年の降りるべき駅だったのかどうかは怪しいものだ。洋介は無性におかしくなって、まだ頬《ほお》の赤い涼子の傍で腹を抱えて笑いだした。

華やぐ街の上に夜の帳《とばり》が降りる。その時間になってもなお、街の喧噪《けんそう》は鳴りやまない。むしろ、より賑《にぎ》やかになっている。色とりどりのネオンや川のように流れる車のライト、そしてひしめき押し合う人混《ひとご》み。その群れ、群れ、群れ。夜の繁華街は、あたかも顔のない悪魔の如《ごと》き一面をのぞかせる。幽鬼の脅迫。その囁きが、そこここで聞こえるようだ。

とある駅で列車を降りた洋介と涼子は、改札を出て、デパートやゲームセンターなど人の多いところを選び、あちこちまわり歩いていた。そうこうするうちに時刻は９時を過ぎ、涼子もだいぶ消耗したようだった。

洋介は涼子を連れて繁華街の先にある公園へと足を運んでいた。

ベンチに座らせ、気遣う口調で言う。涼子は少しほっとした表情で頷《うなず》いた。

「疲れたろう？」

「ええ、少し……」

「ここなら人もあんまりいないしな」

洋介の言う〝あんまり〟とは気休めである。日曜の夜ということもあり、園内には多くのカップルが徘徊《はいかい》していた。もっともその公園はノゾキのメッカとしても有名だから、長く留《とど》まる者は少ない。とはいうものの、涼子にはそんな知識もなく、また夜の闇《やみ》がスカートの中を隠すことや、周囲に見える人々が自分達と同じカップルだったことで、妙な安心感を抱いていた。実際、今のところ涼子に好奇の眼差しを送る者は誰ひとりいなかった。あるいはもう、今日はこれで許してもらえるかもしれない。そんな淡い期待は、けれどすぐに破られてしまう。半ば放心状態の彼女の背後から、洋介が布をあてて素早く目隠しをしたのだ。

「え……!? よっ、洋介……？」

涼子の声が引きつる。

「うるさい！」

言い捨てる洋介は、ウエストバッグから取り出した手錠を使って涼子を後ろ手にベンチと繋《つな》ぎ、その場から動けないようにした。

「よ、洋介、何を……？ や、やめて、やっ、あぁぁっ！ うぁ……、何をするの!?」

「騒ぐんじゃない！」

洋介がピシャリと撥《は》ねつけ、なおも何かを喚《わめ》き散らそうとする涼子の口に、これまた用意しておいたボールギャグを噛《か》ませた。

「ぐっ、ふぐ……、うぅぅ……！」

「いい格好だな」

哀《あわ》れな獲物を見降ろし洋介が嗤《わら》った。夜の公園で拘束されての目隠しにボールギャグ。その姿は奴隷以外の何物でもない。あまりにも異様な光景に、いつの間にか周囲のカップルは霧散していた。多少物足りない感は否めないが、そのうち別の人種が集まってくるだろう。ここは、そのために選んだ場所なのだ。

「うぅ、ぐぅ……、ぐぅ、うぁう……、んぐ……」

「タップリと可愛《かわい》がってやるから、安心しろ」

洋介は用意周到に揃《そろ》えておいた最後のアイテム、男根を模した極太のバイブレーターを引っぱりだした。すべては一昨日静佳に購入させたものだ。もっとも、当の静佳は、まさかそれらが自分の娘に使われるとは予想もしていなかっただろうが。それにともなくとして、洋介は涼子の足を払い股を開かせた。露わになった下腹部に、極太の電動張り形をかざす。彼の分身にすっかり慣らされたヴァギナなら、この程度の器具でも容易に受け入れるだろう。それが愚かしく、腹立たしくもあり、また楽しかった。

ベンチからわずかに腰を浮かせ、バイブの先端をグイとねじ込む。

「うっ、ぐぅ……！　ぐっ、うぅう、ぐぅっ！」

長時間ノーパンで人混みの中を歩かされ、時折ローターで弄ばれた涼子のそこは、思ったとおり簡単にバイブを咥《くわ》え込んだ。すかさずスイッチを入れ、唸《うな》るバイブをさらに深く突き入れる。ズブズブと半分ほどが呑《の》み込まれていく。

「ひぎっ!?　ぐ……、うぐ、あぐぅぅ……！」

振動する張り形で、万遍なく秘肉をこね回してやる。涼子が何度も首を振った。

「ふぐっ！　うぁ、ぐ、ふぅぁ……、ぐぅっ！」

割り開かれた股間《こかん》に漏れる淫蜜《いんみつ》が匂《にお》い立つ。なおも際限なく蜜を溢《あふ》れだささせる花びらの中心。そこへ埋め込んだバイブを何度も抽送させると、涼子はボールギャグで満足に言葉も出せない口で呻《うめ》いた。

「う、あぐっ、ふぅ、ひぐっ、くぁ、う、ぐぅ……、ひぁ……！」

たちまちバイブは粘液にまみれ、グチュグチュと濁った音が機械音に混じって響く。

「ふっ、ふんん、うぐぅ、ぐぁぅ……、ぐぁ、あぐう……！　ふ、ぐぅ、ひぅ……！」

苦しげな呼吸の中で、しかし涼子の声には快感の色が見える。バイブに抉《えぐ》られて、短期間のうちに開発された肉体が喜悦の声をあげているのだ。

「恥ずかしいヤツだな。外で繋がれて、こんなにアソコを濡らして」

言いながら洋介は、左手を涼子の胸に伸ばした。チューブトップの上衣から片方の乳房を掴みだし、柔らかな感触を堪能《たんのう》するように揉《も》みしだく。

「うぐ、うぁ……んぐ、ひ……、ぐぅ……、ふあ……、ぐ、ふうぅ……！」

苦悶《くもん》と快楽の喘ぎを交互に洩らす涼子。手錠で拘束された身体《からだ》がヒクつき、太腿《ふともも》に滲《にじ》む汗が淫汁と混じり合ってベンチに滴り落ちる。この異常なシチュエーションに涼子はすっかり酔っているようだった。

「まったく！　どこでもいいんだな、お前は。家の中だろうが外だろうが、俺のペニスだ

ろうがバイブだろうが、なんでも感じるんだよ。淫乱め！」

「う、ふ、うぅぅ……、ひ、ぐぅぅっ！」

涼子が否定するようにかぶりを振る。だが、それもどこか力なく、真実味がまるで感じられない。現に彼女のヴァギナは貪欲《どんよく》にバイブを呑み込んでヒクヒクわななき、細くびれた腰も勝手にうねっている。快感に緊張し、下腹部が小刻みに痙攣する。

「う、ぐ、あぐ……、ひ、ぐぁ……あぐぅ……、ひぅ、ぐぅ……、ふぅ……、あくっ！」

なす術《すべ》もなく身悶《みもだ》える涼子を眺める洋介の目の端に、遊歩道の向こうからやってくる人影が入った。外灯に照らされる季節外れのロングコート姿の女性。それは、彼が命じたとおりの服装だった。少し離れたベンチに座った女性に顔を向けると、やはり静佳だった。

涼子を置いて立ち上がる洋介は、ゆっくりと義母の前へ歩み寄る。

「来たな」

「は……、はい」

か細い声で応じる静佳を眺めながら、洋介は心の中でせせら笑った。実は、事前に静佳を呼んでおいてはいたが、彼女には涼子のことを知らせていなかった。もちろん涼子とて静佳のことは知るはずもない。どうせ母娘《おやこ》を会わせて驚かせるなら、お膳立ては完璧にしておくべきだろう。洋介はもう一枚用意しておいた布で、静佳の目を覆った。

「あ……！」

「心配するな。今から楽しいことが待ってるんだからな」

そう言って静佳の手を取り、そのまま涼子の座るベンチまで誘導する。何も知らない涼子は、股間で勝手に蠢《うごめ》くバイブに翻弄《ほんろう》され、身体を震わせ続けていた。

「ぐぅ……、ふぅ……、ぐ、あぐ……、ぐ……、ぐぐっ、う、あぁく……！」

さあ、ショウの始まりだ！　洋介は涼子と静佳の目隠しを同時に外す。そして、すかさず静佳のコートも後ろから剥《ま》ぎ取った。一瞬の沈黙。次の瞬間、母娘ふたりの視線が交錯し、互いに相手をハッキリ認識する。

「いやぁぁ……！」

先に目を逸《そ》らしたのは静佳の方だった。まあ、当然かもしれない。凄惨《せいさん》な娘の姿を目の当たりにしただけではない。自らのほぼ全裸に近い痴態を目撃されもした。そして、互いの肉体が淫具に弄ばれ、隷属の証《あかし》として拘束されているということを理解したのだ。まして、実の娘の肉体を嬲っているアイテムを入手したのは、誰あろう静佳自身である。母親として、これほどのショックがあるだろうか。

「ぐ、ふぁぐっ！　ひ、ぐぅ……、うぁ、あ、あぅぅ……！」

「あ……、いや、いやぁ……！」

ボールギャグに手錠、股間にはバイブという涼子。一方の静佳は、露出度の高い淫《みだ》らなボンデージファッションで、くびられた局部にはバイブを埋め込んでいる。これが実の母娘だというのだ。これほど浅ましく、またこれほど似通った姿の親子もないだろう。

「あっはははは……！」

洋介が体を折って大笑いした。すると、突然胸の奥がズキンと痛んだ。

《やめろぉ！　こんな酷《ひど》いこと、もうやめてくれぇっ！》

顔のない悪魔が耳の奥で叫ぶ。けれど、それを悪魔の叫びと言うには疑問がある。だいいち、顔のない悪魔の正体は、洋介自身ではなかったのか。そう、あの闇の意識と融合を果たしたあの時から、彼の中で何かが変わっていた。表と裏、光と闇、天使と悪魔が入れ替わってしまっていたのだ。

「うぐ……、ぐっ、がぁふっ！」

涼子が絶望に喘ぐ。その声は、耳の奥の叫びと同じく耳障りに聞こえる。

「うるさいっ!!」

洋介の怒声が、心の奥底に湧《わ》き上がる温かな想《おも》いを打ち消した。知ったことではない。それどころではないのだ。早くショウの続きに取りかからなければ！

「静佳、手伝え」

驚愕《きょうがく》の表情を浮かべて洋介を見つめる静佳。彼のしようとしていることは火を見るより明らかだ。母親としては、ためらわずにはいられない。だがしかし、洋介はそれを許しはしなかった。

「手伝えと言ってるんだ！」

語気を荒げて言うと、静佳は諦《あきら》めたように目を伏せる。

「は……、はい」

「ふたりとも楽しませてやらなくちゃならないからな。大変なんだ」

洋介はうすら笑いを作って、ベンチに腰を降ろした。

「静佳、咥えろ」

「え……？　あ……、は、はい……！」

途端に静佳が嬉《うれ》しそうな顔になった。あたかも催眠術にかかったかの如く、瞳がドロンと濁り、物欲しそうに舌先で朱唇を舐《な》める。母の豹変《ひょうへん》に涼子は目を疑った。

「ぐ……、うぅぅ……、ふ……ぐ、うぁ……！」

ふたりの様子を見守るしかできない涼子は、目の前で起きている異常な現実に恐慌をきたしていた。これ以上、いったい何をさせられるというのか。そんな彼女の視線の先で、静佳が呆《ほう》けたように欲望に身を委《ゆだ》ねている。

「あぁ……ん……、あぁ……」

そうだ。これこそが、肉欲に堕落したオンナの顔だ。涼子、すぐにお前もこうなる。

洋介の足もとに跪《ひざまず》き、静佳は主のファスナーを降ろして勃起《ぼっき》した肉棒を両手に包んだ。虚《うつ》ろな瞳でうっとりと眺めたかと思うと、おもむろに口に咥え、しゃぶり始める。

「あぐ……、んっ、んっ！　う……、んぐっ、うぁ……、チュプ……」

口いっぱいにイチモツを含むと、熱い口腔《こうこう》の粘膜が先端を擦《こす》った。いかにも手慣れた仕草で奉仕に耽《ふけ》り、自らも艶《なま》めかしく身をクネらせる。目の前で展開されるおぞましい光景から目が離せないのか、涼子はふたりの痴態を声もなく凝視していた。

「おい、静佳。涼子を自由にしてやれ」

義姉の様子を横目で見た洋介は、手錠の鍵《かぎ》を静佳の鼻先へ突きだして命じる。

「んっ、んぐ……、ぐぅ……、あむっ、んっ、んう……、あく……、は、はい……」

名残惜《なごりお》しそうに肉棒を放し、鍵を受け取った静佳が地面に膝《ひざ》を着いたままの格好で娘のもとへとにじり寄った。娘を嬲るバイブを引き抜き、身を拘束する手錠とボールギャグを外してやる。ようやく忌《い》まわしい呪縛《じゅばく》を解かれた涼子は、苦しげに息をついた。

「ふ……、く、うぁぁ……、あ、はぁ……、はぁ……、お母さ……ん……？」

呼びかける途中で涼子は唖然《あぜん》とする。娘の身を自由にするなり、母はすぐに洋介のもとへ戻って、いきり勃《た》つ怒張を再び夢中でしゃぶり始めたのだ。

「何してる？　涼子も一緒に舐めるんだよ」

「え……？　あ……、で、でも……」

茫然《ぼうぜん》とした眼差しが洋介と静佳を見比べる。ベンチから腰を浮かしたものの、涼子の身体は強ばったまま動こうとはしなかった。

「なんだ？　しゃぶりたくないのか？　お前がしゃぶらないなら、静佳に飲ませるぞ」

「え……？　あ……」

洋介の股間に顔を埋めて濃厚に舐めしゃぶる静佳は、肉棒を根もとまで喰《く》い尽くしそうな勢いでフェラチオに専心している。

「あふっ、んっ、あく、あむんっ、チュバ、ジュプ……、んくっ、チュプ、チュバ……、チャプ、あ……、うぐ……、あふぅ……、チュブ、ジュバ……、チャプ、クチュ……」

「あ……、は、はい……」

あまりにも嬉しそうな母の姿に引き寄せられたのか、涼子はヨロヨロとふたりに近づいて、力なく地面にへたり込んだ。そうして彼女も、肉竿《にくざお》の根もと部分を舌先で刺激し始める。それればかりか、ズボンからこぼれ出た陰嚢《いんのう》さえも口に含んで転がした。

「あむっ、クチュ、ペロ……、はぐぅ……、んっ、くっ、んく……」

「ははは、いい眺めだぞ」

洋介が嗤う。結局こうなるのだ、この母娘は。淫乱なところまでそっくりだ。ベンチの背もたれに両腕をかけ、股間を強調するようにふんぞり返った洋介は、ふたりの熱の籠《こ》もる奉仕に身を委ねた。

「チュプ……、うく、チュパ、ジュブ……、クチュ……、んっ、うぐ、ふ……、むんっ」

亀頭を咥える静佳が、微妙な舌遣いで鈴口からくびれの辺りを丁寧に舐め上げる。一方の涼子は、肉竿を朱唇で擦り、時折陰嚢に吸いついては睾丸《こうがん》を舌で転がした。

「んぅ……、んっ、む……、チュプ……、ん、あむ、んはぁ……」

尺八とフルート、和洋折衷のコラボレーションが淫猥なハーモニーを奏でる。

「チュプ、ん、うぐっ、ジュブ……、ジュブ……、チュパ、んく、ふぅ……、あぐ……」

「ふぁ……んっ、ペロ、チュク……ジュバ……、んっ、あ、あく……、うっ、あう……」

静佳の舌はねっとりとしていて、涼子の方はそれより粘着質ではないが小刻みに細かくしっとりと動く。それぞれに魅力的なふたりに刺激されては、さすがに長くは保《も》たない。

「ククク……。巧《うま》いぞ、ふたりとも」

今の母娘には嘲笑すら悦《よろこ》びのようだった。その浅ましさに洋介の嗜虐心が燃え上がる。

「そろそろ射精《だ》すぞ」

ふたりは互いに争って唇と舌を動かした。

「あ、んぅくっ、ペロ、チュパ、チュブ……」

「んくっ、あふ、むぅぐ……、ジュバ、チュパ……」

それぞれの口腔と舌に舐《ねぶ》られるままに、込み上げる射精欲求を抑えることもなく、洋介は欲望を一気に解放してやる。ビクンと怒張が跳ね、ふたりの顔に泡立つ白濁の粘液が飛び散る。

「ん、んんっ！　ひぁ……あぅ、あぁ……」

「あっ、あぁ、あふっ！　あ、あぁ……」

涼子の頬が、静佳の唇が、青臭い樹液に彩られていく。その表情はどこまでもうっとりとして、恍惚《こうこつ》の悦びに浸っている。射精しながら、洋介は声をあげて笑った。

「あははは……！　本当にいい眺めだなあ」

噴きでる精が底を突くと、ふたりは申し合わせたように互いの顔にかかった白濁液をペロペロと舐め合った。その様は、まるで牝犬《めすいぬ》同士のグルーミングだ。

「さて、次はどうするかな？」

洋介は考える。せっかくの３Ｐだ。ふたりをとことん使って楽しまなければ損だろう。そう、この母娘をとことん貶めてやるのだ。

「静佳、持ってきたモノを着けろ」

「え……？　そ、それは……」

「お前だって涼子が気持ちいい方がいいだろう？　いいから着けるんだ」

「あ……、は、はい……」

頷いた静佳がノロノロと立ち上がり、近くの茂みに消えた。その場に残された涼子は、名前を出されたことで、キョトンと洋介を見上げている。

「涼子、来い」

腕を伸ばす洋介が、涼子を抱えるように腿の上に乗せた。そのついでに、彼は義姉のスレンダーな身体から、一切の衣服をむしり取る。初夏の夜風が火照った裸身を撫で、一瞬冷静な自分を取り戻しそうになる涼子。たが、それも束《つか》の間《ま》のことだった。

「あっ、あ……!?」

ヒップの下で、洋介の邪悪な分身がムクムクと力を取り戻す。瞬時に復活した剛直は、当たるを幸い露わになった媚肉の中心をズブリと貫いた。かすかに甦《よみがえ》りつつあった涼子の理性は、途端に霧散してしまう。あまつさえ、大きく開いた朱唇から洩れる満足げな声。

「ひっ、あっ! あふっ! んっ、あっ、あぁん……んっ、あう……ひぁっ、あぁんっ」

込み上げる切なさに眉《まゆ》をしかめ、洋介に抱きついて自ら腰を揺する。その動きに合わせて洋介がゆっくりと周囲を見渡した。

「あふっ、んっ、あぁ、ひぃっ! あっ、んっ、あひぃっ! んっ、あふ、あんんっ!」

甘くイヤラシイ喘ぎが辺りに響き渡っている。いくら夜の闇が深いとはいえ、ここは公園だ。まったく人目がないわけではない。案の定、あちこちの木陰から、ざわめく人の気配が伝わってくる。時間的にも、そろそろ夜の住人達が徘徊する頃合《ころあ》いだ。

さあ、タップリ見せてやる。これからが本番。強烈な生板ショウの開演だ。下からじっくりと腰を回し、おもむろに突き上げる。涼子はあられもないよがり声をあげた。

「んあっ! はぁああんっ! あぅっ! んっ、あぁっ、あひぃっ!」

義姉の体内を思う存分に貫き、洋介は静佳を呼んだ。ほどなく、茂みの間から半裸の義母が姿を見せた。その魅惑的な肉体には、さっきまでのボンデージとは異なる革のスキャンティだけが着けられている。しかも彼女の股間には、黒々とした男根状の節くれが突きだしていた。それこそが、洋介に指示されて持ってきた〝モノ〟だ。一昨日、自ら足を運んだアダルトショップで購入した双頭のディルドーである。

「涼子のアナルに挿《い》入れてやれ」

言われた静佳がゴクリと唾《つば》を呑み込んだ。

「涼子はアナルが感じるんだよ。挿入れてやれよ」

「は……、はい……」

静佳は娘の蠢く腰を掴み、白い尻肉を掻き分けてディルドーをあてがった。

「あっ⁉　あ、あぁぁんっ！　んっ、あぁ……、ひ、あひぃぃっ！」

洋介の高ぶりを貪《むさぼ》りながらも、涼子の身が緊張に強ばる。

「早く挿入れろっ！」

厳しい口調の命令に気圧《けお》され、静佳は疑似男根を窄《すぼ》まる蕾《つぼみ》に無理矢理押し込んだ。

「あっ、ひぃっ！　やっ、いやあぁぁぁぁぁぁーっ‼」

夜の静寂を破る絶叫。３人を取り囲むノゾキ達の気配が否応なしに濃くなっていく。どこからともなく「おい、すげえな」とか、「マジかよ……。あの男、３Ｐなんてさ」などという声が聞こえてくる。困惑した表情の静佳は、茫然として娘の腰を掴んでいた。直腸を満たされた快感で、涼子の顔が喜悦に緩んだのも気づかずに。

「ちゃんと動かしてやれよ」

「え……？」

「後ろもちゃんとピストンしてやれって言ってるんだ」

「は、はい……」

ようやく静佳が腰を動かし始めると、涼子の切迫した喘ぎが嬌声《きょうせい》に変わる。

「う、あっ、あっ！　あぐっ！　う、うぁっ！　うっ！　あ、あんっ！　ひ、あひっ！」

前の口をホンモノの肉棒で塞《ふさ》がれ、後ろの口をディルドーで貫かれて、涼子はあたかも正気を失ったかのようによがりまくった。いいや、そもそもこの状況の中にあって、いったい誰が正気を保っているというのだろう。オズオズと、しかし主の命令を拒むこともできずに、ただ機械のように腰を使う静佳にしても、とても正気であるとは思えない。まして、血の繋がりがないのをいいことに、衆人注視の中、親子での３Ｐを強いた洋介に至っては、言わずもがなである。

「ひっ、あ……、すごい、あぁんっ！　やっ、うっ、あぁぁぁーんんっ！」

身悶えよがり狂う涼子は快感の極みにいた。全身をブルブルと震わせ、粘膜越しに伝わる衝撃に波打つ膣壁《ちつへき》で、咥え込んだ剛直を強烈に締めつける。

「あう、い、いっぱいぃ……んっ、んぁっ！　や、あぁぁ……んっ、お、お尻ぃ……！

うぁ……、お尻、気持ち、いぃ……！」

「ううっ、うあああぁぁぁぁぁぁ……！」

嗚咽《おえつ》混じりの叫びをあげ、静佳の抽送が速まった。双頭ディルドーの片側は彼女の体内にあるのだ。自らの動きによる衝撃と涼子からの振動とで、静佳もまた激しい悦楽を味わっていた。やがて、母と義弟が繰りだすピストンのコンビネーションに、涼子は加速度的に絶頂へと駆け上がっていく。

「あっ！　だっ、だめっ！　イ、イくぅぅぅぅぅぅぅ……！」

ひとつに繋がった3人の体内にビクンと緊張の衝撃が疾《はし》る。

「イッちゃ……、イッちゃうっ、あぁぁぁっ、あっ！　あああぁぁぁぁぁぁぁ……！」

涼子は叫び、激しく身体を強ばらせて、下腹部を貫く2本の剛直を堪能するように動きを止めさせた。代わりに、彼女の体内奥深くからものすごいうねりがやってくる。

「あっ、あひぃ……！　う、あぁ、あんっ、ひぁぁ……！　ひぅ、あぁっ、あぁぁん！」

長いオルガズムに酔いしれ、激しく身悶える涼子。粘膜をとおして肉棒とディルドーが擦れ合い、ふたつの剛直に絡みつく秘肉が際限なく痙攣する。

「く……」

洋介が呻いた。濃密な空間でこれでもかと締め上げられ、彼もまた限界を迎えていた。

「涼子、膣内《なか》で出すぞ。このままお前を孕《はら》ませてやる！」

途端に義姉の顔色が変わった。恍惚の表情が消し飛び、恐怖に怯える顔になる。

「や、いやぁっ！　や、やめて……。お願い、やめ……」

「いいじゃないか、孕めよ」

そう言って洋介は鼻で笑った。中断していたピストンを再開し、一気に速める。

「あぁぁっ！　いっ、い、いやぁ！　お願い、それだけはやめてぇ！　お願いだから、洋介……、わたし、わたし、赤ちゃんは……！」

娘の泣き喚く声に、静佳も我に返る。カクカク揺れる尻からディルドーを引きずりだして、義理の息子に必死で訴える。

「あぁ……、洋介くん！　やめて……、お願い！　それは、それだけは……。わたしならなんでもするわ。わたしならいいから！　涼子だけは……！」

我が身を犠牲にしても娘を護《まも》ろうとする感動的なセリフ。だがしかし、果たしてそうだろうか？　もともと洋介は、静佳を孕ませると言ったのだ。彼女もそれを受け入れた。絶対の服従さえ受け入れた。なのに今、洋介が吐いた言葉の矛先は娘の涼子に向けられている。嫉妬《しっと》の感情がないといえば嘘《うそ》になるだろう。もっとも、そのことを涼子は知る由もない。母の捨て身の言葉に涙がこぼれた。

「あぁぁっ！　か……、母さん……！」

「うるさいんだよ！」

涼子をどかそうとする静佳には構わず、洋介は半ば強引に射精した。ドクンと怒張が脈打ち、大量の濃い精液が射出された瞬間、涼子は腹の底から絶望の叫びをあげた。

「ひっ！　あ、あ……、いやぁぁぁぁぁぁぁぁぁぁぁーっ‼」

長く尾を引く悲鳴の間、子宮めがけて深々と突き入れた肉棒で射精し続けた。傍らで静佳が泣き崩れる。涼子もまた、ボロボロと大粒の涙をこぼしていた。

「すげえな。ありゃあ、人間じゃねぇぜ」

「ほんとだよ……。あの男、悪魔じゃねえの？」

ノゾキ達の声が間近で聞こえる。ベンチの周囲は取り囲むギャラリーで埋め尽くされていた。ここはそういう公園なのだ。だからこそ、洋介はこの場所を選んだのだ。

人間じゃないだとォ？　そうだよ。俺は、悪魔だ！　嘲笑を浮かべて膝の上の義姉を地面へ突き飛ばし、洋介の心が吼《ほ》えた。瞬間、ズキンと強烈な痛みが洋介の体内に疾る。

「う……!?」

まったく唐突に、目の前が真昼の如く明るく照らされる。それまで闇に覆われていた辺りの風景が、視覚中枢へダイレクトに飛び込んでくる。

足もとで泣きじゃくる全裸の涼子。あられもない格好で娘の尻を犯させられて泣き伏する静佳。奇異、好奇、嫌悪、羨望《せんぼう》、同情、欲望……、数々の情念が絡み合う眼差しで周囲を取り囲むノゾキ達の目、目、目。そして、その中心で残忍な笑みを湛える自分。

「ううう……」

憤りが、ふつふつと沸いてきた。

誰に対する？　俺？　俺なのか？　俺はいったい……？　いや、俺……だけど……。でも、俺では、ない！　煮え滾《たぎ》るほどの憤怒と憎悪。

何かが、いる？　俺の、中に、いる、何か？　やめろ！　出ていけ！　出ていけっ！

《出ていくのはお前だっ！　お前こそ出ていけ！　俺はお前を許さない！　絶対にっ！》

顔のない悪魔が叫ぶ。悪魔……？　いいや、それは違う。彼は、天使だ。眩《まばゆ》い光に包まれた声の主は、間違いなく洋介の顔をした天使だった。そして……。

耳の奥に、グルルゥ……と、低い獣の唸りのようなものが響いた。

《やめろ！　これでは、俺の居場所が……！》

今度は闇が叫ぶ。洋介の体内にわだかまっていたドス黒い闇。そう。顔のない悪魔だ。

「……出ていけ」

表情を失った洋介の唇から小さな声が洩れる。お前が……、俺を、こんなに……！

《おのれぃっ！　これではもうダメだ！　今一歩のところで……》

「出ていけ……。早く、出ていけ！　さっさと出ていけぇーっ!!」

洋介は絶叫した。涼子が、静佳が、誰も彼もが茫然とする中、刻は止まり、ナニモノかがすぅっと洋介の体内から抜けでたようだった。その途端、洋介は自分の身が清らかな光に照らされた気がした。その光を宿す瞳で、彼は足もとにたたずむふたりの女性を見る。

「義姉さん……。義母さん……」

頬に涙の跡を残し、呆気《あっけ》に取られる涼子。茫然とする静佳。

洋介は気づいた。ふたりをこうさせたのは自分だ。さっきまで心に取《と》り憑《つ》いていたナニモノかのせいかもしれないが、たとえそうであったとしても確かなことがひとつある。

俺は……、俺は、取り返しのつかないことをしてしまったんだ……。

エピローグ　ポジション

公園での出来事から、すでに2カ月以上の刻が過ぎた。季節は真夏を終え、残暑の厳しい9月へと変わっていた。2学期はもう始まっている。洋介の精神を犯した説明のできない黒い闇《やみ》、悪意の塊のようなものは完全に消え去り、一見普通の日常が戻ってきたように思える。だが、むろんそうではない。新学期とともに職場へ復帰した平田教諭と入れ代わりに、長沢美月は実楠学園を去っていた。6月の下旬から洋介はずっと学校を休んでいるが、佐々木貴美がプリントを持ってくることもなかった。喫茶店〝もみの木〟は閉店し、川森珪子は海外に留学してしまった。そして、水野家の母娘《おやこ》……。洋介は、あの夜以来ふたりと顔を合わせることができなかった。

洋介に取り憑いていたモノ……。そんな表現が正しいかどうかはともかくとして、それがいつ彼の心の隙間《すきま》に入り込んだのか、そして正体はなんだったのか、わかろうはずもない。取り憑いたモノなど初めから存在せず、すべては自分の妄想なのではないか。自身でさえ、時折そう思うこともある。だが、どちらにしても説明のつかないことが多すぎた。公園で感じた悪魔や天使のイメージが脳内に蓄積された記憶の具象化だったにせよ、洋介はそれらが持つ凶々《まがまが》しさや神々しさを実感できた。むろん、単なる思い込みなのかもしれない。しかし、それも彼にとってはひとつの真実なのである。

俺の中には確かにナニモノかが存在していた。結局洋介は、そう結論づけていた。未だ未成熟な彼の精神は、そうでもしなければとても自我を保てなかったと言っていい。

　幼くして実母を亡くし、実父さえも失い、多感な思春期に血の繋がらない家族と暮らすことになった洋介。彼の精神は常に安定を求めていた。心の平穏を求めていた。そう、洋介は常に自分の居場所を求めていたのだ。にもかかわらず、彼はナニモノかに惑わされ、自らを出口の見えない迷路へと追い込んでしまった。心の闇は失せたものの、洋介は今でも闇の狭間にひとりたたずんでいた。

　自分の中に何がいたのか、そしてそれがもう消えてしまっていることを、洋介は誰にも言えずにいる。どうしようもない罪悪感と後悔だけが彼を苦しめる。もともと宙ぶらりんの身だったけれど、今となっては居場所がどこにも見つからない。

　もう……、この町を出よう。この2カ月、部屋にひとり籠《こ》もって考えに考えた末の結論だった。家財道具をすべて売り払い、どことは知れぬ空の下で適当にその日暮らしをしながら生きていくしかない。それが、せめてもの罪滅ぼしに思える。

　意を決し、荷物の整理に取りかかったある日、不意に玄関のチャイムが鳴った。

　誰だろう？　俺のところに訪れる人間なんて、もう誰もいないはずなんだが……。訝《いぶか》る洋介は狭い玄関へと歩き、ドアを開けた。するとそこには……。

「……義姉さん」

「上がって、いい？」

　問われるままに頷《うなず》いた。部屋に入った涼子は怪訝《けげん》そうに室内を眺める。

「引っ越し？」

洋介は無言で頷いた。これでは隠しようもない。ぐるりと部屋の中を見回してから、涼子は洋介に顔を向ける。薄い朱唇がかすかに動いた。

「……いるのよ」

言葉の意味を理解しかねる洋介に、涼子が自分の腹を押さえて言う。

「赤ちゃん……」

突然告げられた事実に、心臓を鷲掴《わしづか》みにされるような痛みが疾《はし》った。

俺は、本当に取り返しのつかないことをしてしまっていたんだ……。だが、茫然《ぼうぜん》とする洋介の前に立つ涼子の行動は、彼には想像もつかないものだった。細い腕を洋介の首にまわし、そっと唇を寄せる。柔らかい感触と甘い匂《にお》いが洋介をくすぐる。

許して……、許して、くれると、いうのか？　義姉さんは、俺を、許すと？

「洋介。あの嫌な感じ、もうなくなったのね」

微笑《ほほえ》んで言う涼子を、洋介は間の抜けた表情で見つめる。涼子は、あの闇の存在に気づいていたのか？　だからこそ、闇に支配された洋介の子を身籠もることを拒んだのだろうか？　あくまで憶測の域はでないが、洋介は少しだけ救われた気がした。

でも、いいんだろうか……？　それは甘い期待かもしれない。

「……涼子、さん」

名前を呼ぶ。もう、〝義姉さん〟と呼ぶわけにはいかなかった。

「なあに？」

涼子がはにかんだ笑みを浮かべる。なんのわだかりもない純粋な笑顔。

俺は、許されていると、思って、いいのだろうか？　いいと、したら……。

「涼子さん……、俺……」

キョトンと小首を傾げる涼子に、洋介は言った。

「ここに、いる。引っ越しはやめる」

涼子の顔が、ふと悪戯《いたずら》っぽい表情に変わる。

「あら、うちに越してくればいいのに」

そう言って涼子は、満面の笑みを見せた。


再び月日が流れ、季節は新たな夏を迎える。洋介は高校を中退し、就職した。涼子は無事に子を産み、今では大学へ通っている。そしてふたりは婚約者同士となった。ただ、いくぶん奇妙な関係であることは否めない。静佳の存在があるからだ。1年前の件以来、彼女は洋介を義理の息子ではなくひとりのオトコとしてしか見られなくなっていた。

だから……、こういうことが、あり得るのだ。

「ん……、ふぅぅむ、んっ、あぁぁん……」

「ふぅむぅ……む、んあ、あふぅぅぅんん……」

水野家のリビングにくぐもった声が響く。その中心に、どっかとソファへ腰を降ろした全裸の洋介の姿があった。彼の足もとには、同じく全裸の女性がふたり、天井に向かって屹立《きつりつ》したオトコのシンボルを左右から挟み込むようにして跪いている。ひとりはフィアンセの涼子。そして、もうひとりは義母の静佳である。

「んっ、あふ……む、あんっ！」

涼子の舌が洋介の肉竿《にくざお》を舐《な》め、陰嚢《いんのう》をしゃぶり上げる。

「あふっ、む、ん……」

静佳の朱唇が裏筋をキスするように辿《たど》り、唾液《だえき》の跡を残す。

「あんっ、んくぅ、うぐ……チュプ……、んくっ、あふ……んっ、むぅ……ジュブ……」

「あく、んっ、あぐ……、ジュブ、チュパ……、うく……んっ、チュプ……チュバ……」

生まれて間もない愛娘《まなむすめ》であり愛孫娘を寝かしつけ、ふ

たりの女性は洋介のイチモツを愛しそうに愛撫《あいぶ》し、唇と舌で懸命に奉仕している。喩《たと》えようもない快感が全身を疾駆した。母娘ふたりの愛撫は、似ているようで似ておらず、その微妙なズレが、また堪《たま》らない。仲よく分け合うように洋介の高ぶりを舐《ねぶ》り擦《こす》る母と娘。たちまち腰の辺りにゾクゾクする快感が込み上げる。ふたりが同時に敏感なくびれをさすった。堪らず洋介が悦楽の証《あかし》を放出する。盛大に宙を飛んだ精液が、母と娘それぞれの顔にビシャビシャと落下した。

「あふっ、あ、ああ……、洋介ぇ……」

「ああ……、ステキ……。洋介くぅん……」

涼子のうっとりとした顔。静佳の至福の表情。ふたりを見つめる洋介の優しい眼差《まなざ》し。

新たな絆《きずな》で結ばれた家族。どうにも不思議な三角関係。

けれどこれが、洋介の見つけた唯一の居場所だった。そして、今の彼の真実だった。

〈ＦＩＮ〉

あとがき

パラダイムノベルスの読者の皆さん、お元気ですか？　布施はるかです。

今回は『憑き』のノベライズを担当させていただいたのですが、第一稿を書き終えたその2日後、身内で突然の不幸がありました。体調を崩して入院していた母方の祖母が、退院の日取りが決まった途端に容態が急変し、本来は退院するはずだった日に亡くなってしまったのです。ボクの許へ訃報が届いたのは、パラダイムさんの新年会へ向かう途中のことでした。なんとも、『アンビリ』で『これマジ!?』で『USO!?』なお話ですが、祖母も齢90を重ね、大往生だったようです。

さて、今回のノベライズ執筆にあたり、メーカー様のご了承を得て、原作であるゲーム本編とは多少趣を変えたものにさせていただきました。具体的には広告やパッケージが醸しだす雰囲気を強調してみたつもりですが、果たして巧くいきましたかどうか……？　その判断は読者の皆さんにお任せすることとして、今年は昨年以上に頑張る所存ですので、読者の皆さんともより多くの場でお目にかかりたいと思います。

それでは、読者の皆さん、そしてパラダイムのスタッフの皆さん、今年もよろしくお願いいたします。

2002年1月　布施はるか

憑き

2002年2月20日 初版第1刷発行

著　者　布施 はるか
原　作　ジックス
原　画　山根 正宏

発行人　久保田 裕
発行所　株式会社パラダイム
〒166-0011東京都杉並区梅里2-40-19
ワールドビル202
TEL03-5306-6921 FAX03-5306-6923

装　丁　林 雅之
印　刷　株式会社シナノ

既刊ラインナップ

定価 各860円+税

1 悪夢～青い果実の散花～
2 脅迫
3 痕～きずあと～
4 慾～むさぼり～
5 黒の断章
6 淫従の堕天使
7 Esの方程式
8 歪み
9 悪夢 第二章
10 瑠璃色の雪
11 官能教習
12 復讐
13 淫Days
14 お兄ちゃんへ
15 緊縛の館
16 密猟区
17 淫内感染
18 月光獣
19 告白
20 Xchange
21 虜2
22 飼
23 迷子の気持ち
24 ナチュラル～身も心も～
25 放課後はフィアンセ
26 骸～メスを狙う顎～
27 朧月都市
28 Shift!
29 いまじねぃしょんLOVE
30 ナチュラル～アナザーストーリー～
31 キミにSteady
32 ディヴァイデッド
33 紅い瞳のセラフ

34 MIND
35 錬金術の娘
36 凌辱～好きですか？～
37 My dearアレながおじさん
38 狂＊師～ねらわれた制服～
39 UP!
40 魔薬
41 臨界点
42 絶望～青い果実の散花～
43 美しき獲物たちの学園 明日菜編
44 淫内感染～真夜中のナースコール～
45 MyGirl
46 面会謝絶
47 偽善
48 美しき獲物たちの学園 由利香編
49 せ・ん・せ・い
50 sonnet～心かさねて～
51 リトルMyメイド
52 flowers～ココロノハナ～
53 サナトリウム
54 はるあきふゆにないじかん
55 プレシャスLOVE
56 ときめきCheck in!
57 散櫻～禁断の血族～
58 Kanon～雪の少女～
59 セデュース～誘惑～
60 RISE
61 虚像庭園～少女の散る場所～
62 終末の過ごし方
63 略奪～緊縛の館 完結編～
64 Touchme～恋のおくすり～
65 淫内感染2
66 加奈～いもうと～

67 PILE・DRIVER
68 Lipstick Adv.EX
69 Fresh!
70 脅迫～終わらない明日～
71 うつせみ
72 Xchange2
73 M.E.M.～汚された純潔～
74 Fu・shi・da・ra
75 絶望～第二章～
76 Kanon～笑顔の向こう側に～
77 ツグナヒ
78 ねがい
79 アルバムの中の微笑み
80 ハーレムレーサー
81 絶望～第三章～
82 淫内感染2～鳴り止まぬナースコール～
83 螺旋回廊
84 Kanon～少女の檻～
85 夜勤病棟
86 使用済～CONDOM～
87 真・瑠璃色の雪～ふりむけば隣に～
88 Treating 2U
89 尽くしてあげちゃう
90 Kanon～the fox and the grapes～
91 もう好きにしてください
92 同心～三姉妹のエチュード～
93 あめいろの季節
94 Kanon～日溜まりの街～
95 贖罪の教室
96 ナチュラル2 DUO 兄さまのそばに
97 帝都のユリ
98 Aries
99 LoveMate～恋のリハーサル～

最新情報はホームページで！　http://www.parabook.co.jp

〈パラダイムノベルス新刊予定〉

☆話題の作品がぞくぞく登場！

146. 月陽炎《つきかげろう》

すたじおみりす　原作
雑賀匡　著

　時代は大正時代。神主見習いの悠志郎は、住み込みで有馬神社に奉公することになった。そこで宮司の娘の、柚鈴と美月のふたりの少女と出会う。そんなおり、境内の近くでは猟奇殺人事件が起こり始めていた…。

148. 奴隷市場 Renaissance

ruf　原作
菅沼恭司　著

　17世紀。ロンバルディア同盟は地中海を巡って敵対するアイマール帝国へ、全面戦争回避のための全権大使キャシアスを派遣した。そこで彼は奴隷として売買される3人の少女と出会う。

147.このはちゃれんじ!

ルージュ　原作
三田村半月　著

　このはは自分の誕生日にマッドな錬金術師の兄から、妹を模して作られたホムンクルスであることを告げられる。そんな彼女のエネルギー源はえっちすることだった！　人造人間このはの、学園コメディ!!

145.螺旋回廊2

ruf　原作
日輪哲也　著

　ネット上に存在するといわれる謎の組織「EDEN」。誘拐や陵辱など、非人道的なことにまったく罪悪感を感じないEDENの人々に、大切な恋人や肉親が狙われてしまう。あの悲劇と恐怖が再び繰り返される!!